2.00

Nous remercions le ministère du Patrimoine canadien,
la SODEC et le Conseil des Arts du Canada
de l'aide accordée à notre programme de publication

Patrimoine   Canadian
canadien   Heritage

Conseil des Arts   Canada Council
du Canada   for the Arts

ainsi que le Gouvernement du Québec
– Programme de crédit d'impôt
pour l'édition de livres
– Gestion SODEC.

Nous reconnaissons l'aide financière
du gouvernement du Canada
par l'entremise du Programme d'aide au développement
de l'industrie de l'édition (PADIÉ) pour ce projet.

Illustration de la couverture :
Gérard Frischeteau

Couverture :
Conception Grafikar

Édition électronique :
Infographie DN

Dépôt légal : 4e trimestre 2006
Bibliothèque nationale du Canada
Bibliothèque nationale du Québec

1234567890 IML 09876

Te voilà!

**Catalogage avant publication
de Bibliothèque et Archives Canada**

Taylor, Joanne

    [There you are. Français]

    Te voilà !

    (Deux solitudes, jeunesse ; 44)
    Traduction de : There you are.

    ISBN 2-89633-027-5

    I. Frischeteau, Gérard, 1943- . II. Tisseyre, Michelle,
1947- . III. Titre IV. Titre : There you are. Français.
V. Collection : Collection Deux solitudes, jeunesse ; 44.

PS8589.A895T4614 2006 jC813'.6 C2006-941487-4
PS9589.A895T4614 2006

Joanne Taylor

Te voilà!

traduit de l'anglais par
Michelle Tisseyre

ÉDITIONS
PIERRE TISSEYRE

5757, rue Cypihot, Saint-Laurent (Québec) H4S 1R3
Téléphone: (514) 334-2690 – Télécopieur: (514) 334-8395
Courriel: ed.tisseyre@erpi.com

À ma sœur, Jeannie, qui m'a dit :
« Tu devrais écrire. »

Vallée de la Margaree,
île du Cap-Breton

Chapitre 1

C'était la saison que Jeannie préférait entre toutes, mais depuis un certain mois de septembre, l'année de ses douze ans, les dernières semaines de l'été ne revenaient jamais sans un relent de tristesse, comme un arbre rouge annonçant l'approche de l'hiver dans la verdure des collines.

C'était la veille de la rentrée scolaire. Jeannie était allée seule cueillir des bleuets sur la colline. La chaleur faisait ondoyer le pré. Elle s'essuya le front avec son bras.

— Il fait trop chaud pour septembre! protesta-t-elle. Elle tira sur sa robe de coton pour la dégager de ses jambes et se remit à remplir ses vieux seaux à margarine.

Avec le beau temps, la saison des baies s'était prolongée. Les petits bleuets sauvages poussaient sur des buissons. Il fallait beaucoup de temps pour les cueillir correctement – en laissant les tiges, les feuilles et les baies blanches qui n'étaient pas mûres. Madame Campbell, au magasin, disait que les bleuets que Jeannie lui apportait étaient les mieux cueillis de la vallée. Jeannie allait vendre l'un de ses seaux vingt-cinq cents au magasin, et elle apportait l'autre à maman, qui l'attendait. Jeannie resserra son ruban autour de ses cheveux humides et reprit sa besogne.

Il fait vraiment chaud ! On avait beau être le premier septembre, on se serait cru au milieu de juillet. La pluie n'était pas venue radoucir l'air et laver la poussière des églantiers le long des routes. Tous les hommes guettaient les alertes d'incendie de forêt à la radio. Toutes les femmes rationnaient l'eau de leur puits. Et tout le monde faisait très attention en grattant la moindre allumette et en allumant les lanternes.

Quand elle eut fini de remplir ses seaux, Jeannie se retourna face à la brise. Elle balaya du regard la vallée de la Margaree et sa rivière sinueuse et argentée. Les collines s'estompaient l'une derrière l'autre, couvertes de forêt, dans l'horizon brumeux de chaleur. Maman disait toujours : «Il y a peut-être d'autres coins de pays aussi jolis, mais il n'y en a pas qui soit plus beau. »

Jeannie distinguait quelques cheminées et quelques angles de toit, çà et là parmi les arbres. Treize familles habitaient le long de cette portion de la rivière. La communauté commençait enfin à s'élargir. Elle aurait bien souhaité qu'il y ait une jeune fille de son âge à travers ces maisons, mais il n'y en avait pas une dans toute la vallée. Pas une seule. Demain, quand l'école commencerait et que la même poignée d'élèves prendrait place dans la salle des grands, il n'y aurait que deux garçons, en plus de Jeannie, en septième année.

Les garçons ne méritaient pas qu'on s'y attarde, avait-elle décidé dès son premier jour de classe, et elle n'avait jamais changé d'idée. Les garçons ne s'intéressaient à rien d'autre qu'à la chasse, à la pêche et à leurs jeux stupides. Jeannie avait bien essayé de se lier d'amitié avec les trois grandes filles qui étaient dans sa classe, mais ces dernières faisaient semblant qu'elle n'existait pas. Celles-là ! Elles passaient leur temps à ricaner, à se donner de grands airs, comme les vedettes des films qu'on montrait en ville, loin d'ici, et à lui tourner le dos quand elle s'approchait. Dans sa tête, Jeannie les appelait le Monstre-à-trois-têtes de la Margaree – c'était sa revanche silencieuse.

Cécilia ne serait pas comme elles, se disait Jeannie. *Elle serait ma meilleure amie, mais elle serait aussi gentille avec tout le monde. Comme Mary dans* Le jardin secret. *Et elle serait drôle, comme Jo dans* Les quatre filles du docteur March, *mais elle ne serait pas ridicule.*

Cécilia aurait été l'amie parfaite, si seulement elle avait existé. Mais Jeannie l'avait inventée, en lui donnant tous les meilleurs côtés de ses personnages préférés des livres qu'elle aimait.

Une fois par mois, le père de Jeannie la conduisait à la Bibliothèque d'Inverness, qui tenait entièrement dans une seule pièce. Elle avait lu tous les livres que la bibliothécaire avait bien voulu lui prêter. Elle avait lu et relu ses favoris.

Bien sûr, Cécilia adorerait la lecture. Et elle aimerait aussi la couture. Jeannie aurait souhaité que Cécilia existe, parce qu'elle l'aurait aidée à coudre ses ourlets. Jeannie détestait les coudre. Et elle avait décidé qu'elles seraient exactement de la même taille.

— Si seulement tu étais là, dit Jeannie à voix haute. Mais elle ne pouvait que le souhaiter.

Pour se dégourdir les doigts, elle déposa ses seaux de bleuets sur le sentier poussiéreux, et cueillit un pissenlit fané. Elle murmura un souhait et souffla sur les aigrettes duveteuses. Son vœu s'éleva au-dessus de la colline, s'éloigna et disparut dans la brume.

Elle ramassa ses seaux et prit le chemin du retour.

Chapitre 2

Au pied de la colline, Jeannie emprunta le sentier, à travers bois, qui longeait le ruisseau. La pénombre la rafraîchissait un peu, mais l'air était brûlant, et transportait l'odeur étouffante des pins, ainsi que les stridulations des insectes. Un enchevêtrement impénétrable de broussailles et de bois mort bordait le sentier des deux côtés. Les ombres bougeaient et les branches soupiraient, mais Jeannie ne s'en préoccupait pas, tant les arbres, les bruits et les odeurs de la forêt lui étaient familiers.

Elle évita un dernier essaim de maringouins en sortant du bois et se retrouva dans sa cour. La grange, les remises et la maison étaient disposées en demi-cercle. Tout le terrain de l'autre côté de la route était à eux, y compris les champs et les prés, qu'il fallait reconquérir chaque année, de peine et de misère, en raison de l'empiétement de la forêt sauvage, qui s'étendait à perte de vue.

Les Shaw avaient une demeure confortable, gaie et grandissante. Maman attendait un bébé ; aussi papa avait-il entrepris d'ajouter deux pièces à la maison. Il avait eu un travail payant cet été – un des rares emplois réguliers offerts aux hommes de la localité depuis que la guerre avait pris fin, sept ans plus tôt –, il avait débroussaillé un couloir pour les lignes à haute tension qu'on allait finalement installer dans la vallée. L'argent qu'il avait gagné lui avait permis d'acheter des clous et des matériaux pour la toiture.

— Bonjour, papa, lança Jeannie, en entendant sa voix des profondeurs de l'étable, aux murs d'un rouge passé.

— Bonjour, Jeannie, répondit son père. Alors, tu as eu assez chaud sur la colline ?

— C'était pénible ! dit-elle en s'engouffrant dans la noirceur, où l'air était chargé de fines particules de poussière. Où es-tu ?

— On est là, dans l'atelier. Viens me sauver de mon « assistante » !

La petite sœur de Jeannie passa la tête par l'embrasure de la porte.

— J'aide papa à fabriquer un nouveau manche de hache, annonça Pearl. Il est magnifique. Papa me l'a dit. Viens voir, Jeannie.

— Bravo, Pearl. Mais je ferais mieux d'apporter mes bleuets à l'intérieur, sinon ils vont cuire tout seuls à la chaleur. D'ailleurs, tu oublies que je ne te parle plus.

Pearl ignora la réplique de sa sœur.

— Toi aussi, tu as l'air cuite, Jeannie. Cuite comme un pouding à la vapeur !

— Merci, comme tu es aimable !

Jeannie traversa la cour, chargée de ses seaux. Elle s'arrêta pour gratter la tête de Lady, leur beagle.

— Salut, ma vieille, dit-elle.

La chienne ouvrit les yeux, mais ne bougea pas. Lorsqu'elle était jeune, Lady courait tout l'été, les oreilles au vent, et devenait follement excitée à la vue d'une sauterelle. Dès que Pearl avait fait ses premiers pas, la chienne s'était mise à la suivre partout. Maintenant, Lady était vieille et son pelage devenait plus gris que noir et brun. Elle passait tout son temps couchée au bord de la véranda, là où l'écart entre les planches permettait à l'air plus frais de circuler un peu.

Toujours est-il que, chaque jour, à un moment donné, au son aigu de la voix de Pearl, Lady dressait les oreilles. Alors, elle se levait et allait trouver la petite, où qu'elle soit sur la propriété. Puis, satisfaite d'une caresse, Lady retournait s'affaler à sa place, sur la véranda, et dormait tout le reste de l'après-midi.

Maman ouvrit la moustiquaire pour Jeannie.

— Assieds-toi, tu tombes de fatigue. Je vais te chercher quelque chose à boire. Elle actionna la manivelle de la pompe, au bord de l'évier en émail. Jeannie but l'eau de source fraîche et appuya le verre contre sa joue.

Maman repoussa la poêle en fonte sur le rond arrière du fourneau à bois. Elle remua la confiture qui cuisait dans la casserole et continua d'abaisser la pâte à tarte sur la grande table. Son tablier bombait sur son gros ventre, tandis qu'elle se penchait sur son rouleau. Le bébé était attendu avant Noël.

— Tu as l'air d'avoir encore plus chaud que moi, observa Jeannie. Pourquoi fais-tu des tartes par un temps pareil ?

— Les tartes ne se font pas toutes seules, répliqua maman. On m'en a commandé deux pour le souper paroissial. Autant en faire assez pour nous aussi.

— Si seulement on pouvait acheter un four électrique. Allons-nous pouvoir, maman, quand les lignes à haute tension viendront jusqu'ici ? La cuisine serait fraîche !

— « Si les souhaits étaient des chevaux, les mendiants rouleraient en carrosse. » Nous n'aurons pas l'électricité dans la maison avant quelques années. La paye de ton père n'est pas élastique. De toute façon, je ne peux pas m'imaginer en train de faire cuire des tartes ailleurs que dans mon fourneau à bois. Allez, maintenant. «Plus on est nombreux et plus le travail se fait vite.»

Jeannie se lava le visage à l'eau tiède, à même la bassine, qu'on gardait remplie dans l'évier, à cet usage.

— Je reviens tout de suite.

Il faisait tout aussi chaud à l'étage au-dessus. Elle dénoua son ruban défraîchi et brossa ses cheveux frisés, pour essayer d'avoir l'air plus soigné.

Tes cheveux sont affreux, se dit-elle en se regardant dans la glace.

Elle ramassa le tas de rubans enchevêtrés qu'elle avait jeté sur son lit, le matin même, et tenta de le démêler, de nouveau hors d'elle. Après le déjeuner, elle les avait découverts, noués à la chaîne et suspendus en guirlande à son miroir. Encore un mauvais coup de Pearl.

La petite apprenait à attacher ses lacets de chaussure et adorait s'exercer : avec les tabliers de sa mère, les bottes de son père et les rubans de Jeannie. Et ses nœuds étaient ratés, la plupart du temps.

Or, c'était la première fois de sa vie que Jeannie avait de l'argent de poche et qu'elle pouvait se permettre du luxe, comme des nouveaux rubans pour ses cheveux. Ses vêtements, hérités de ses cousines, étaient presque tous usagés. Elle s'était fait des robes pendant l'été, les seuls vêtements neufs qu'elle ait portés depuis des années. C'était agréable de pouvoir mettre une robe que personne d'autre n'avait revêtue! Au magasin de madame Campbell, les fournitures pour la couture étaient toujours en solde. Et, avec les vingt-cinq cents qu'elle gagnerait pour un seau de bleuets, Jeannie espérait pouvoir s'acheter deux verges de tissu à dix cents chacune, avec des boutons et du fil en sus.

La première fois qu'elle avait eu deux sous à dépenser, elle s'était attardée devant les rubans, admirant leurs couleurs riches et chatoyantes, et leur texture parfaitement lisse. Elle était restée longtemps sans pouvoir se décider, rien qu'à savourer le plaisir de choisir, et pour finir, elle avait acheté une bonne longueur de ruban jaune crème. La semaine suivante, elle en avait acheté une autre d'un bleu royal. Maintenant, elle en avait cinq qu'elle gardait sur sa commode, alignés comme les couleurs de l'arc-en-ciel.

Et Pearl n'arrêtait pas d'y toucher.

Jeannie l'avait pourtant prévenue et s'était plainte à sa mère, en plus. Mais maman grondait Jeannie parce qu'elle rapportait les bêtises de Pearl et qu'elle lui criait après, bien plus qu'elle ne grondait Pearl en raison des mauvais coups qu'elle faisait.

— Quelle petite peste, dit Jeannie, enragée.

Sa mère goûtait à la confiture quand Jeannie redescendit ; elle se tint dans l'embrasure de la porte, le dos à la fraîcheur du couloir, faisant face à la chaleur étouffante de la cuisine.

— Te voilà, constata maman. Ça a pris tellement de temps avant que tu redescendes, que j'ai cru que tu t'étais endormie. Pile donc ces pommes de terre, s'il te plaît. Après, tu laveras les bleuets pour que je puisse les faire cuire. Ceux-ci sont presque prêts.

Jeannie enfila un tablier et se mit en besogne. La vapeur montait du bol de pommes de terre et de la casserole de confiture.

— Oh ! maman, il fait trop chaud pour être à l'intérieur.

— Tu as raison, répondit sa mère. Allons nous asseoir dans le ruisseau pour nous rafraîchir. Ces bleuets peuvent bien attendre jusqu'en octobre. Bien sûr, ils seront moisis, gâtés et pourris, mais…

— Arrête ! supplia Jeannie. Pourquoi faut-il que tu me taquines, maman ?

— La bonne humeur est le meilleur remède.

— Hier, tu nous disais que c'était la tarte aux pommes avec du fromage, qui était le meilleur remède.

— Hier, tu n'étais pas encore assez vieille pour corriger ta mère, répliqua maman en s'essuyant la main avant de caresser la tête de Jeannie. Que tu as de beaux cheveux !

— Ils ne sont pas beaux. Ils sont affreux ! Pourquoi est-ce que je n'ai pas les cheveux raides comme vous autres ? Et pourquoi est-ce que tu ne te fâches jamais contre Pearl ! Elle a encore mêlé tous mes rubans, ce matin, tu sais.

— Oui, chérie, tu me l'as dit. Au fait, depuis quand te fais-tu tant de souci pour tes cheveux ? Et ces rubans ? J'aurais cru que tu t'achèterais des bonbons une fois de temps en temps, comme n'importe quelle enfant qui se respecte !

— Maman, j'ai douze ans… presque.

— Oui, c'est vrai. Comme le temps passe vite.

La confiture se mit à glouglouter et maman alla la remuer. Jeannie tirailla son tablier.

— C'est comme si j'avais mon manteau d'hiver, se plaignit-elle.

— Bon, bon, ça ira, déclara sa mère, en tapant sur le bord de la casserole avec sa cuillère en bois. Je suppose que tu en as assez fait, avec ce que tu as cueilli.

Jeannie, en croyant à peine ses oreilles, se dépêcha d'arracher son gros tablier.

— En échange, reprit sa mère, je vais avoir besoin que tu me remplaces au souper paroissial de ce soir.

22

C'était donc pour cette raison qu'elle avait libéré Jeannie des corvées de la cuisine.

— Réunir des fonds pour acheter un fourneau neuf, voilà une bonne cause, poursuivit maman, mais je suis sûre qu'ils seront bien contents de ne pas m'avoir dans les jambes. Je suis lente comme une tortue et je prends trop de place. Papa te déposera et retournera te chercher, après avoir fait vérifier le camion au garage.

Jeannie sentit sa joie la quitter. *Il n'y aura que les dames de la paroisse et le pasteur*, se désola-t-elle. Elle voulut supplier sa mère de ne pas l'envoyer, mais celle-ci avait l'air si fatiguée que Jeannie n'osa pas protester.

— D'accord, maman, répondit-elle.

— Tu es une bonne fille. Va dire à papa que le dîner sera servi quand il le voudra.

Lorsque Jeannie revint de la grange, maman posait une dernière abaisse sur le dessus de la dernière tarte.

— J'espère que cette croûte sera passable, dit maman. Je ne voudrais pas que les dames de la paroisse disent : «Cette pauvre madame Shaw. La pâtisserie n'est pas son fort!»

— Tout le monde sait que tu es bonne cuisinière.

— Et tout le monde sait, soupira maman, qu'il vaut mieux faire des tartes quand il fait frais. Mais il faut ce qu'il faut, comme qui dirait.

— Papa et Pearl ne vont pas tarder, répondit Jeannie. Je peux-tu repasser mes rubans avant qu'on se mette à table ?

— On dit « puis-je ». Oui, tu peux. Je vois que tu tolères volontiers la chaleur quand il s'agit de tes rubans.

— Bien, faut ce qu'il faut… comme qui dirait, répondit Jeannie au hasard.

Sa mère la menaça en la pointant de son index enfariné.

Jeannie souleva les fers et les déposa pesamment à l'avant du fourneau. Le temps d'installer la planche à repasser entre deux dossiers de chaises et de monter chercher ses rubans, et les fers étaient chauds. Elle montra la chaîne de nœuds de rubans à sa mère, en les lui tendant à bout de bras.

Maman soupira.

— Je sais, Jeannie. Avoue qu'elle a de l'imagination. Je n'arrive plus à la suivre depuis quelque temps.

Jeannie dénoua un premier ruban. Trempant ses doigts dans l'eau, elle l'humecta. Puis, elle accrocha le manche en bois à un des fers et le souleva.

Jeannie et Maman sursautèrent au claquement de la moustiquaire.

— Me voilà ! cria la petite.

— Pearl ! s'exclama maman de surprise, en déposant la tarte qu'elle tenait. Tu vas finir par me ruiner les nerfs ou, à tout le moins, par ruiner cette tarte. Va te laver les mains.

— Oh ! ciel. Ça n'a pas pris de temps avant que tu salisses ta robe.

Mais elle est propre, maman. Cette saleté-là, c'est la saleté du travail.

Maman secoua la tête. Jeannie plaqua lourdement le fer sur un deuxième ruban.

— Peu importe ce que Pearl fait, maman lui pardonne chaque fois, ronchonna-t-elle tout bas.

Quand ce fer-là fut refroidi, Jeannie le déposa de nouveau sur le fourneau et souleva le suivant.

— Pearl, dit-elle, regarde ce que je dois encore faire à cause de toi. Je viens de les repasser pas plus tard qu'hier.

Pearl ramassa la chaîne de rubans.

— Mais ils étaient si jolis sur ton miroir !

Jeannie s'apprêtait à en dire bien davantage, quand maman l'arrêta net :

— Dînons en paix, de grâce.

Jeannie pinça les lèvres.

Quand papa s'assit pour enlever ses bottes, Jeannie avait fini d'étaler ses rubans sur la planche à repasser. Elle alla au puits et s'y pencha, retirant le pot en terre dans lequel on gardait l'assiette à beurre et le pot au lait. Elle les transporta à l'intérieur, en les serrant contre elle pour se rafraîchir.

— Pearl Shaw! s'écria-t-elle en entrant dans la pièce.

Près de la porte, assis sur sa chaise favorite, sa grande tasse de thé entre les mains, papa se détendait… avec deux des rubans de Jeannie dans ses cheveux et deux autres noués à ses boutonnières !

— Regarde ! s'écria Pearl. Je suis en train de décorer papa comme un arbre de Noël.

— Enlève-les-lui ! cria Jeannie. Oh ! Tu ne t'es même pas lavé les mains !

Papa ôta un ruban de ses cheveux.

— Elle ne te voulait pas de mal, Jeannie, dit-il d'un air contrit.

Maman ressortit à la hâte du garde-manger.

— Oh ! ciel, petite, soupira-t-elle.

— C'est tout ? protesta Jeannie. C'est tout ce que tu vas lui dire pour la gronder ?

— Jeannie, l'avertit son père sans élever la voix, ne parle pas à ta mère sur ce ton.

La gorge de Jeannie se serra.

— Mes rubans, parvint-elle à balbutier, ne sont pas pour décorer papa.

Les yeux de Pearl se remplirent de larmes.

— Je ne leur faisais pas de mal !

— Pearl, dit maman, Jeannie a les mains pleines. Sois gentille et va mettre ses rubans de côté pour elle – mais lave-toi les mains avant de le faire. Et elle a raison, ils ne doivent pas servir à décorer papa. Quand nous aurons fini de manger, je t'apprendrai à les laver et à les repasser, comme une grande.

— C'est vrai ? Je vais les faire tout beaux pour toi, Jeannie !

Pearl se précipita vers l'évier. Maman se retourna face à Jeannie.

— La douceur désarme la colère, lui rappela-t-elle.

Jeannie se tut, car rien de doux ne lui venait à l'esprit. Elle ne parla presque pas pendant tout le repas.

En essuyant la vaisselle, elle préféra penser à l'argent que ses bleuets allaient lui rapporter. Avec sa pièce de vingt-cinq cents, elle allait pouvoir s'acheter du tissu pour une robe et un ruban neuf pour ses cheveux :

Ce serait tellement plus amusant, songea Jeannie en allant vider l'eau de vaisselle sur la platebande, *si j'avais quelqu'un avec qui aller chez Campbell. Cécilia m'aurait aidée à choisir mon tissu. Cécilia aurait compris ce que c'est qu'avoir un bébé gâté pour petite sœur !*

Jeannie fit seule le long chemin poussiéreux qui menait au magasin Campbell. Elle examinait, l'un après l'autre, les gros rouleaux de cotons imprimés. *Lequel est-ce que je devrais choisir ?* se demandait-elle. Ce serait l'une des dernières fois qu'elle aurait de l'argent dans les poches, avant la prochaine saison de cueillette.

La clochette tinta comme elle entrait dans le magasin.

— Te voilà ! lança madame Campbell du haut de son escabeau. J'espérais bien que tu m'en apportes encore. Verity s'entête à me dire qu'elle n'a pas le temps d'en cueillir, avec l'école qui va commencer. Par contre, elle aime bien se régaler de ma confiture de bleuets, lança-t-elle en passant un dernier coup de plumeau sur les boîtes de conserve. Je ne sais pas pourquoi je me donne tant de peine, ajouta-t-elle en mettant lourdement les pieds par terre. Je n'ai pas sitôt fini d'épousseter ces étagères qu'elles sont de nouveau noires de poussière. C'est bien l'été le plus sec et le plus sale que j'aie connu depuis ma tendre enfance.

Jeannie hissa son seau sur le comptoir en bois et souleva le linge à vaisselle qui couvrait les bleuets.

— Ils sont magnifiques, ma chère, comme toujours, déclara madame Campbell, en sortant, de sous le comptoir, la boîte en métal qui lui servait de caisse. Tiens, voilà une belle pièce de vingt-cinq sous, de 1952, toute neuve. Maintenant, que comptes-tu faire de tout cet argent ? demanda-t-elle d'un air taquin. Le dépenser en t'achetant des bonbons ?

Jeannie n'avait pas même goûté à un bonbon depuis Pâques, quand nanny et grand-papa Shaw leur avaient envoyé, à Pearl et elle, chacune un petit œuf en chocolat. Pearl avait tout de suite déballé et mangé le sien. Jeannie, par contre, avait dégusté le sien à petites bouchées, en savourant chacune d'elles. Quand la dernière avait fini de fondre dans sa bouche, elle avait lissé les plis du papier doré et l'avait inséré sous le dessus de verre de son bureau, où chaque matin, il scintillait au soleil.

Une pièce de vingt-cinq cents lui aurait permis d'acheter presque une livre de bonbons à un sou, mais Jeannie, glissant l'argent dans sa poche, se dirigea vers le comptoir des tissus.

— Tu vas te faire une autre robe, alors, ma chère? s'enquit madame Campbell. La dernière que tu as faite, en imprimé à marguerites jaunes, t'aurait coûté, toute faite, un dollar et vingt-cinq dans un magasin d'Inverness!

Madame Campbell passa la tête derrière le rideau qui séparait le magasin de l'étage supérieur, où elle logeait.

— Verity! Jeannie Shaw est ici. Viens lui dire bonjour et l'aider à choisir son tissu, lança-t-elle en adressant à Jeannie un sourire radieux. Vous pourrez vous occuper, toutes les deux, pendant que je termine mon époussetage.

Jeannie fut soulagée quand elle constata qu'il n'y avait pas de réponse venant du premier. Verity Campbell la rendait nerveuse.

Elle examina les rouleaux de tissu, incapable de choisir entre le vert pâle à petits pois multicolores et le bleu ciel à fleurs.

Madame Campbell retourna au pied de l'escalier et cria :

— Verity, descends, je t'ai dit ! Jeannie Shaw est ici, répéta-t-elle, en se retournant et en souriant de nouveau à Jeannie. Es-tu prête pour rentrer en septième ? Tu as choisi de belles fournitures scolaires, toutes de première qualité.

Jeannie en était contente, elle les avait achetées avec l'argent épargné de ses cueillettes. Pour une fois, elle serait aussi bien équipée que les autres pour la rentrée de demain.

Un tonnerre de pas se fit entendre dans l'escalier et le Monstre-à-trois-têtes fit irruption dans le magasin, en ricanant, comme d'habitude. Verity se dégagea des bras de ses deux amies et regarda Jeannie des pieds à la tête.

— Ah, dit-elle. C'est toi, Jeannie. Tu viens choisir du tissu ?

— Ne te dérange pas, Verity, répliqua Jeannie. Je ne fais que regarder. Bonjour, Mélanie. Bonjour, Sarah.

Sarah marmonna quelque chose. Mélanie se contenta de la dévisager.

Allez vous-en, allez vous-en, se répétait Jeannie tout bas dans sa tête.

— Celui-là n'est pas mal, décréta Verity, comme Jeannie considérait le coton vert pâle à petits pois colorés. Ça irait pour des rideaux de salle de bains.

Jeannie fronça les sourcils, mais laissa le tissu vert lui glisser des doigts.

Mélanie pouffa de rire, cachant sa bouche avec sa main.

— Il n'y a pas grand-chose à voir ici, dit-elle. Nous, on sera là-haut. Allez, viens, Sarah. Ne traîne pas trop, Verity.

Quand elles furent parties, Verity s'affala sur la chaise pliante, derrière le comptoir, et se mit à essuyer la poussière de ses chaussures en cuir verni. Elle en possédait, Jeannie le savait, au moins quatre paires. Et les chaussettes que portait Verity Campbell étaient toujours neuves et impeccables.

Jeannie rongeait son frein, vexée qu'on lui gâche son plaisir de choisir.

— Et celui-ci ?

Verity se pencha et sortit le rouleau de tissu blanc à marguerites jaunes.

— Je viens justement de m'en faire une robe, dit Jeannie, anticipant une nouvelle insulte.

— Hum, fit Verity. C'est joli, je suppose.

Jeannie ouvrit tout grand les yeux. *Verity Campbell vient de me faire un compliment… ou en tout cas, une espèce de compliment.*

— Eh bien, alors, et celui-là? proposa Verity en montrant le tissu bleu ciel à petites fleurs roses et bleues. C'est le deuxième plus beau.

— J'y pensais justement, avoua Jeannie. Entendu. C'est celui-là que je vais prendre. Merci, Verity.

Jeannie la suivit jusqu'au comptoir, où Verity lui coupa deux verges de tissu à même le rouleau. Sur le dessus du comptoir, le présentoir contenant les rubans était ouvert. Jeannie passa la main sur les gros en velours, tout au fond.

— Comme ils sont jolis, murmura-t-elle.

— Oui. Ce sont nos meilleurs, dit Verity. On en a commandé un d'un bleu ravissant. On va le recevoir la prochaine fois que le vendeur passera. Moi, c'est cette couleur-là que j'aimerais. Alors, est-ce que tu en veux un ou non?

Comme ce serait chouette, songea Jeannie, *de pouvoir choisir n'importe quoi, comme Verity.* Mais à cinq sous la verge, elle n'avait pas les moyens de s'offrir des rubans en velours de fantaisie.

— Non, dit-elle enfin à voix haute. Celui-ci fera l'affaire.

Ce n'était pas tout à fait le bleu qu'il fallait pour aller avec le nouveau tissu, mais il faudrait qu'elle s'en contente. Rien que ce tissu, et une longueur du ruban le moins cher, allaient lui coûter tout l'argent qu'elle avait.

— Alors, poursuivit Verity, es-tu prête pour la rentrée de demain?

— Je suppose, répliqua Jeannie. Je vais avoir des chaussures neuves, mais elles ne sont pas encore arrivées. Et je me suis acheté un nouveau cartable. Celui-là, tu vois? précisa-t-elle en pointant de son doigt les cartables en toile verte qui pendaient à un clou sur le mur.

— Ils sont pas mal, avoua Verity. J'aime la grosse pochette à l'avant et…

— Tu viens, oui ou non, espèce de traînarde? lança Mélanie, apparaissant de nouveau à l'angle du rideau.

— Toi, tais-toi, rétorqua Verity. J'arrive dans une minute.

Mais Mélanie attendait toujours.

— De toute façon, dit Verity à Jeannie, moi, j'ai acheté mes fournitures scolaires à Halifax le mois dernier. Et tous mes vêtements aussi. J'ai dû dépenser presque cinquante dollars! Il y a tant de magasins et un si grand choix! Pas comme les vieilles affaires démodées qu'on a ici.

Elle tourna les talons et repartit, bras dessus, bras dessous avec Mélanie.

Jeannie les regarda s'éloigner, furieuse, les joues en feu. *Quelles chipies!* pensa-t-elle. Elle saisit son morceau de tissu et son ruban, et se hâta vers la caisse.

Mais la clochette tinta de nouveau. Le révérend Hope arrivait justement, avec sa femme, pour acheter des provisions en vue du souper paroissial. Or, madame Campbell servait toujours ses clients adultes en premier. Pendant qu'elle allait leur chercher une livre de sucre et un paquet de thé Red Rose, le pasteur annonça qu'il organisait une excursion pour aller aux bleuets.

— J'espère bien, dit-il à Jeannie, que tu pourras te joindre à nous. Bien sûr, il faut remercier le Seigneur que nos anciens combattants commencent enfin à trouver du travail, mais la saison est presque finie et les familles qui n'ont pas de moyen de transport n'ont pas encore pu se rendre aux Barrens pour la cueillette. Nous allons demander à nos grands de conduire les chariots et nous allons avoir du plaisir. J'espère bien que nous aurons du beau temps.

Jeannie lui fit un grand sourire. Son père avait surnommé le pasteur révérend «J'espère-Bien». Et, l'idée d'une promenade aux Crowdis Barrens, dans des chariots tirés par des chevaux, suivie d'un pique-nique communautaire, était réjouissante. Elle retrouva sa bonne humeur.

Jeannie avait hâte de parler à sa mère de cette excursion. Elle espérait que maman consentirait à y aller.

— Ah! oui, madame Hope, se rappela-t-elle, maman ne peut pas venir au souper de ce soir. Mais elle vous a préparé des tartes et je viendrai aider à sa place.

— Ta pauvre mère, s'exclama madame Hope. Elle doit vraiment souffrir par cette chaleur.

— Tu seras la bienvenue, et aussi bien accueillie que les merveilleuses tartes de ta mère, dit le pasteur. Si seulement il y avait plus de garçons et de filles qui aient ton attitude.

Jeannie se serait bien passé d'assister à cette soirée. Comme s'il lisait dans ses pensées, le révérend Hope ajouta:

— Néanmoins, j'espère bien que je pourrai trouver quelqu'un parmi nos jeunes pour te tenir compagnie, au milieu des vieux comme nous.

Qui va-t-il trouver? Ce serait affreux si c'était Mélanie Matthews. Et je n'ai pas envie de revoir Verity. Peut-être Sarah Phillips; c'est la moins méchante. Ou ma cousine Tina. Elle ne parle pratiquement de rien d'autre que de son mariage, mais au moins, elle est agréable. Pourvu que ce soit Tina.

— Il est temps de partir, ma chère, annonça le révérend Hope à sa femme. J'ai promis d'aller voir madame Parker. Je crois que la veuve de son fils est en visite chez elle. Si seulement ce pauvre Alf Parker avait pu revenir de la guerre, poursuivit-il, mais le Seigneur a ses raisons. Il va falloir nous dépêcher si nous voulons avoir le temps d'aller là-bas et de revenir à temps pour le souper. Ne t'inquiète pas, Jeannie, je vais faire de mon mieux pour te trouver de la compagnie pour la soirée.

Jeannie sourit poliment. *Il y a peu de chances que ça arrive*, se désola-t-elle.

Comme elle partait avec son colis, une camionnette vint se garer devant le magasin. Madame Campbell sortit pour voir qui était au volant, et pour mieux voir le bureau et la table que la camionnette transportait sur son toit.

L'inconnu descendit et s'étira.

— Bonjour, madame, dit-il. Pouvez-vous m'indiquer le chemin pour me rendre chez madame Alf Parker ?

Madame Campbell jeta un coup d'œil par-dessus l'épaule de l'inconnu, vers l'intérieur obscur du véhicule.

— Il y a bien une madame Dan P. C'est la seule Parker de la région. Son fils s'appelait Alf.

— Ça doit être elle que je cherche, affirma-t-il.

36

— Quelle chaleur, n'est-ce pas ? Entrez donc que je vous offre une orangeade, proposa madame Campbell. D'où êtes-vous, déjà ?

❏

— Maman, lança Jeannie en entrant dans la maison, il va y avoir une excursion aux *Crowdis Barrens* samedi prochain. Et un pique-nique, aussi ! Est-ce qu'on peut y aller ? Le révérend et madame Hope te font dire bonjour. Il y avait un livreur de meubles qui cherchait la maison de la vieille madame Parker. Regarde, voici le tissu que j'ai acheté.

— Tu en apportes, des nouvelles, constata maman. Ce coton est ravissant, ma chérie. Va le poser à côté de la machine à coudre, pour l'instant, et monte te préparer pour aller au souper.

Jeannie transporta la bassine d'eau à l'extérieur. Lady la renifla au passage, avant de reposer la tête sur le bord de la marche. Jeannie se lava le visage et le cou, puis ôta ses bottillons et ses chaussettes blanches, salies par la poussière. Elle déposa la bassine sur la marche du bas, s'assit et plongea les pieds dans l'eau.

Repliée sur elle-même, elle appuya son menton sur ses bras croisés autour de ses genoux, remua les orteils et invoqua Cécilia, sa parfaite amie imaginaire. Comme si elle jouait avec une de ses poupées de papier, elle pouvait changer la couleur de ses cheveux et lui choisir des vêtements dans le catalogue de chez Eaton. Tantôt Cécilia était une jeune fille réservée, tantôt c'était un moulin à paroles.

— Ça m'est égal, murmura Jeannie en caressant Lady. Je l'aimerais pareil.

Le vieux camion familial faisait tant de bruit qu'il annonça son retour, longtemps avant d'entrer dans la cour. Papa monta les marches, et en passant, tapota la tête de Jeannie du bout de ses gants de travail. Il sentait le dur labeur, le soleil et la forêt.

— J'ai croisé le pasteur sur la route, dit-il. Il te fait dire que tu seras heureuse d'apprendre qu'il t'a trouvé de la compagnie de ton âge pour le souper de ce soir.

— Qui, ça, papa? demanda Jeannie en agitant ses orteils dans l'eau. Ça ne peut pas être Tina, si elle a mon âge.

— Il ne me l'a pas dit. Il veut que ce soit une surprise. Quelqu'un de nouveau, que je sache.

Jeannie sortit brusquement un pied de l'eau, renversant la bassine sur le sol desséché. Lady, réveillée par le vacarme, poussa un soupir et se rendormit.

— Quelqu'un de nouveau! Comment ça? s'écria Jeannie en récupérant la bassine. Qui c'est?

Papa haussa les mains en signe d'ignorance.

— Mais je n'en sais rien ! Il a simplement dit qu'il «espérait bien» que vous soyez amis, puisque vous êtes du même âge, précisa-t-il en ouvrant la moustiquaire. Ce doit être un des enfants d'Alf Parker. Phillips, au garage, affirme que la veuve d'Alf est revenue avec ses enfants pour vivre avec sa belle-mère. Je sais qu'ils avaient une ribambelle de garçons quand ils habitaient ici, avant la guerre. J'imagine qu'ils sont grands, maintenant. Phillips a mentionné qu'il y avait des filles, aussi, mais il n'avait pas l'air certain. Ce doit être d'elles qu'il s'agit.

Il entra dans la maison. Jeannie l'entendit, par la fenêtre du garde-manger, répéter à sa mère la nouvelle au sujet de la famille Parker. Elle fixa l'endroit où son père s'était tenu en la lui apprenant.

Elle se précipita à l'intérieur, les pieds mouillés, et monta l'escalier en courant. Elle se planta devant son miroir et plaqua ses deux mains sur sa bouche.

— Ça y est ! exulta-t-elle. Elle est ici ! Je vais la rencontrer !

Elle mit sa plus jolie robe – la blanche, avec les marguerites. Elle se brossa les cheveux très fort et se les attacha avec son ruban jaune.

Quand elle redescendit, maman servait la soupe dans des bols.

— Je ne peux pas manger tout de suite, annonça Jeannie. J'ai l'estomac tout à l'envers.

— Crois-tu que tu couves quelque chose ?

— Non, maman. Seulement, je suis tout excitée au sujet de cette nouvelle fille.

— Alors, j'en conclus que tu ne mourras pas de faim. J'imagine qu'ils te garderont une assiette à la fin de la soirée. Il y a des années que nous n'avons pas vu la famille d'Alf, constata maman en s'assoyant. Comme il a été enterré outre-mer, il n'y a même pas eu de funérailles. La dernière fois qu'on a eu de leurs nouvelles, c'est quand nous sommes allés faire nos condoléances à sa pauvre mère.

Papa beurra un petit pain chaud.

— Il était le plus doué de toute la classe. Il a même décroché une bourse pour aller à l'université Dalhousie, mais Alf ne voulait pas quitter le Cap-Breton. Il a pris un emploi à la boulangerie Ben's Bakery à Sydney, quand leur quatrième fils est né. Il jouait du violon à toutes nos danses, tu te souviens, Priscilla ? Je ne m'attendais pas à le revoir à Halifax quand je me suis engagé dans le North Nova Scotia Regiment. Pauvre Alf, soupira papa en secouant la tête de gauche à droite. La dernière année de la guerre, au printemps, un 24 mars, on avançait le long du Rhin, à l'intérieur des frontières allemandes. Même Churchill était là qui observait. On a perdu plus d'hommes ce jour-là...

Maman servit le thé après le souper.

— Je me demande pourquoi sa femme est revenue ici. Je ne crois pas qu'elle était très liée avec sa belle-mère. Est-ce qu'elle n'habitait pas chez ses proches, à Yarmouth ? Chez sa sœur, je crois ?

— Le révérend Hope m'a seulement affirmé que madame Parker avait écrit à sa belle-fille et lui avait demandé de venir.

— Jeannie, remarqua maman. Papa m'apprend que tu vas rencontrer quelqu'un de cette famille ce soir au souper. Sois polie et ne pose pas trop de questions. Dis-lui seulement que nous avons hâte de les revoir. C'est drôle, je ne savais pas qu'ils avaient eu des filles... Sois gentille avec elle.

Jeannie ne put s'empêcher de rire. Elle n'avait pas besoin qu'on le lui répète. La fille des Parker et elle allaient être les meilleures amies du monde.

— Reste, Lady, ordonna papa, comme il passait près de la chienne endormie, en se rendant à son camion.

Lady n'avait plus besoin qu'on le lui ordonne depuis au moins deux ans.

— Cette plaisanterie est aussi fatiguée que cette pauvre chienne, commenta maman. Elle

41

déposa les tartes sur le siège du camion. N'oublie pas de t'excuser si les croûtes sont dures, dit-elle à Jeannie ou si elles s'affaissent.

— Vas-tu arrêter ? implora Jeannie. Tes tartes seront délicieuses. Dépêchons-nous de partir, papa, avant que maman m'empêche de les emporter.

Il embraya, et s'adressant à sa femme, lança :

— Ne t'inquiète pas, Priscilla. Ils peuvent toujours se servir de tes tartes comme butoirs de porte !

Il démarra la voiture. Dans le rétroviseur extérieur, qui vibrait violemment, Jeannie vit sa mère agiter le doigt en direction du camion, en signe de protestation.

Papa déposa Jeannie devant la salle paroissiale. Comme elle grimpait les marches, un bruit de vaisselle et de voix lui parvint de l'intérieur. Ça riait très fort, là-dedans !

Je me demande si elle est arrivée, songea Jeannie. Elle s'arrêta en haut des marches, quand elle vit poindre la première étoile. *Étoile brillante, étoile du soir, je n'ai pas besoin de faire un vœu ce soir*.

Il y eut un nouvel éclat de rire, qui fit sourire Jeannie lorsqu'elle pénétra dans la salle. Elle leva les yeux, et manqua échapper une des tartes.

Le révérend Hope se dépêcha de venir l'aborder.

— Je t'avais bien dit que je trouverais quelqu'un de jeune pour mettre un peu de vie ! Surprise !

Il y avait là quelqu'un de jeune, en effet, quelqu'un de son âge, même. Et, pour être une surprise, ç'en était une – il ne s'agissait ni de Sarah, ni de Tina. Et encore moins de Cécilia.

C'était un garçon.

Et la raison pour laquelle ces dames riaient, était qu'il les amusait en se mettant un tablier à fanfreluches.

— Jeannie Shaw, annonça le révérend Hope, je te présente Cap Parker. Sa famille vient de se réinstaller dans la vallée. J'espère bien que vous deviendrez amis.

Chapitre 3

*A*mis ? *Avec un garçon… un garçon qui s'amuse à faire le pitre ?*

— Salut, dit-il, le tablier autour du cou.

Jeannie inspira profondément. Elle se força à sourire.

— Bonsoir.

— J'avoue, confia le révérend Hope, que j'ai été aussi étonné que toi. Cap s'est offert spontanément. Bien sûr, ça lui donne l'occasion de rencontrer quelques-uns de nos jeunes gens, mais n'est-ce pas une réponse à tes prières, Jeannie ?

Elle sentit ses joues s'enflammer, tant le pasteur avait mal choisi ses mots. Quand elle vit Cap sourire, elle tourna les talons et faillit échapper une tarte sur lui. Il se mit à rire. À rire !

Comment ose-t-il ? pensa Jeannie, amèrement déçue ; toute sa bonne volonté s'était envolée.

Cap ne tint pas compte de la réaction de Jeannie. Il continua d'attacher le tablier. Il se mit à tourner sur lui-même, en tordant le cou et en regardant par-dessus son épaule, comme un chiot qui court après sa queue.

Regarde-les toutes qui gloussent de rire. Je suis gênée pour lui, décida-t-elle. Elle s'éloigna à grands pas, en trépignant de rage, alla porter ses tartes à la cuisine et les déposa sur la table dans un geste brutal. *Maman n'a pas besoin de s'inquiéter – si elles ne s'affaissent pas après ça, elles ne s'affaisseront jamais!*

Alors, tout à coup, elle eut honte.

Qu'est-ce que j'ai donc? Ce n'est pas sa faute si c'est un garçon. Oui, mais – arrête, arrête, arrête! Pourquoi faut-il que je pense tout le temps? Je parie que personne d'autre ne se chicane avec soi-même!

Madame Hope entra dans la cuisine, en papillonnant, comme d'habitude.

— C'est si gentil, ma chérie, de te joindre à nous. J'ai bon espoir que Cap et toi pourrez encourager nos jeunes à s'intéresser de nouveau au travail communautaire, maintenant que les temps sont plus joyeux. Ça remettrait un peu de vie ici!

Elle allait continuer son envolée lyrique quand elle aperçut Cap qui mettait le couvert.

— Cap, mon petit, lança-t-elle, les four-chettes à gauche et les couteaux à droite. Que dirais-tu de commencer à apporter les bancs et les chaises ? Voilà du travail pour un garçon. Laisse-moi te montrer où ils vont.

Et elle ressortit, papillonnant toujours.

De merveilleux arômes émanaient de tous les coins de la cuisine : des dindes que l'on découpait, des légumes qui bouillaient, des jambons fumés qui arrivaient, encore tout chauds, à peine sortis des fours des maisons de la vallée de Margaree. Les dames bavardaient en maniant les plats et les casseroles.

— Quel gentil gamin, dit madame Mac-Farlane. Pauvre enfant. J'ai entendu dire que sa famille était arrivée, seulement avec ce qu'ils avaient sur le dos.

— Ce n'est pas vrai du tout ! l'informa madame Campbell. Ils n'avaient peut-être que quelques valises quand ils sont descendus du train à Orangedale. Je n'en sais rien ; je me mêle de ce qui me regarde. Mais toutes leurs affaires sont arrivées aujourd'hui même. J'ai vu le camion de mes propres yeux. Et il y avait de jolies choses, d'après ce que j'ai pu constater. Le chauffeur s'est arrêté pour demander son chemin. Je lui ai expliqué : « Jeune homme, c'est facile. Il n'y a rien qu'une route qui part d'ici et vous êtes dessus. Continuez jusqu'à la fin de la route. La maison de madame Parker est tout à fait au bout. »

— Mais c'est pourtant vrai qu'ils sont arrivés à la noirceur, insista la mère de John Angus. On m'a raconté qu'ils sont débarqués chez la pauvre mère de ce pauvre Alf, sans même un…

— Tu devrais avoir honte ! la sermonna madame Campbell, en agitant sévèrement la louche pour la sauce qu'elle tenait à la main. C'est madame Parker qui leur a demandé de venir. C'est ce qu'affirme le révérend Hope, mais ne lui dites pas que c'est moi qui vous l'ai appris. Et ils sont arrivés de nuit, parce que c'est le seul moment où Dan P. pouvait les conduire. C'est le fils aîné, celui qui est revenu de la guerre infirme d'un bras. Il est employé comme livreur par la boulangerie Ben's Bakery à Sydney, comme Alf avant lui ; Dieu ait son âme. Dan P. a dû faire deux voyages parce qu'ils étaient six ou sept.

Jeannie s'apprêtait à demander s'il y avait une fille parmi eux, mais madame Campbell continua, tout en fouettant la sauce.

— Madame Parker leur a écrit pour leur offrir de venir vivre avec elle. Pour lui tenir compagnie, si vous voulez mon avis. Ils sont en train de s'installer chez elle, si j'ai bien compris ce que m'a dit Cap. C'est la raison pour laquelle ils ne sont pas là ce soir. Quoique je me demande comment elle fait pour nourrir tant de monde sans venir faire son marché chez nous. Elle mène sa propre barque, ce que j'ai toujours admiré. Même le révérend Hope ne savait pas qu'ils étaient ici pour y rester, avant qu'il y aille, cet après-midi. Le médecin y était aussi. On ne saurait être trop prudent, vous savez.

Tout le monde arrêta de parler et continua à travailler. Jeannie savait ce que leur silence taisait – la polio. Il n'y en avait pas eu un seul cas dans le comté d'Inverness – pas encore, en tout cas – mais tout le monde avait si peur qu'on n'osait même pas mentionner le nom du terrible virus. *C'est comme un esprit mauvais qui cherche des victimes*, pensait Jeannie, en voyant les dames pincer les lèvres. *Si on n'en parle pas, peut-être qu'il ne nous trouvera pas.*

Elle s'avança, prête à profiter du silence pour demander lesquels des enfants Parker allaient se présenter, demain, pour le premier jour d'école. *Et n'est-ce pas qu'il y a aussi une fille?*

— Maintenant, termina madame Campbell en brandissant sa louche pour souligner son propos, trêve de bavardage. Au travail, mesdames!

Elle souleva une énorme marmite du fourneau et la transporta jusqu'à l'évier.

Jeannie, à présent, n'osait plus poser sa question.

— Que désirez-vous que je fasse? balbutia-t-elle plutôt aux dames en tablier qui lui tournaient le dos.

Elles étaient si affairées et il y avait une telle quantité de nourriture! Madame Campbell déversa une avalanche de pommes de terre fumantes dans un bol de la taille d'un bac à lessive.

— Voilà, chère, conclut madame Campbell, en remettant le presse-purée entre les mains de Jeannie. Prends soin de ne pas laisser de grumeaux. Nos dîneurs n'approuvent pas les grumeaux dans la purée.

Jeannie souleva l'ustensile.

— C'est gros comme une pelle! s'exclama-t-elle.

Ayant mis un tablier, elle se lava les mains et se mit en besogne.

Madame Phillips vint jeter un coup d'œil sur son travail.

— C'est très bien, ma chère. Laisse-moi juste les finir pour toi. Que dirais-tu d'aller mettre le sel et le poivre sur les tables?

Soulagée de se voir offrir une tâche davantage à sa mesure, Jeannie se promena avec le panier, déposant deux paires de salières et de poivrières sur chaque longue table. La salle résonnait du bruit du mobilier raclant les planches.

— Salut, Jeannie, lança Cap, de l'autre côté de la salle.

— Bonjour, répliqua Jeannie, sans même lever les yeux, luttant contre l'idée qu'elle serait forcée de parler directement à ce garçon si *elle* voulait en savoir plus long sur sa sœur.

— Je me demandais où tu t'étais cachée ! poursuivit-il, en alignant des chaises le long d'une table.

Jeannie releva brusquement la tête.

— Je ne me cachais certainement pas ! rétorqua-t-elle.

— D'accord. Tu ne trouves pas que ça sent drôlement bon dans la cuisine ?

Elle fit un effort pour ravaler l'agacement qu'elle ressentait à l'idée de converser avec lui.

— J'espère qu'ils nous laisseront de quoi manger, hasarda-t-il au milieu du bruit.

Jeannie se taisait toujours. *Là, c'est la dernière salière et la dernière poivrière.* Maintenant, elle se forcerait à lui répondre. Elle se dirigea de l'autre côté de la salle.

Cap poussa un dernier banc sous une table, produisant un choc retentissant, et se dirigea vers elle à son tour.

— Écoute, Jeannie Shaw, je sais pas ce que t'as à faire la snob, mais…

Au même instant précisément, les premiers convives entrèrent dans la salle, entre Jeannie et Cap, pour le souper dinde et jambon de la Wilson United Church, en vue de l'achat d'un nouveau fourneau. Madame Campbell sortit en trombe de la cuisine pour les accueillir.

Cap foudroya Jeannie du regard. Elle lui rendit la pareille. Mais on envoya ce dernier aider madame Hope à recueillir les billets à l'entrée – vingt-cinq cents pour les adultes, dix cents pour les enfants – et pour qu'on le présente à tous comme étant «le fils de ce pauvre Alf». Toute la salle parlait du retour de sa famille dans la vallée. Jeannie refusa d'entendre un mot de plus à son sujet. Snob, l'avait-il appellée? Elle n'avait jamais été aussi insultée.

On les garda tous deux occupés. Jeannie se présenta pour prendre les assiettes et les distribuer aux dîneurs. Cap servait la purée de pommes de terre.

— Tu en mets trop! critiqua Jeannie.

— Ah oui? D'après qui?

Madame Hope leur jeta un coup d'œil et suggéra à l'adolescente:

— Assure-toi simplement que cette assiette sera donnée à un homme, Jeannie. Cap, mon petit, sois juste un peu moins généreux, pour qu'on puisse s'assurer de servir tout le monde.

Oh, fulmina Jeannie, *elle fait pareil que Maman avec Pearl, elle lui passe tout.*

Quand Jeannie se mit à débarrasser les assiettes, Cap sortit pour faire de même.

— Tu vas les casser ! l'avertit Jeannie.

Alors qu'elle et les dames ne débarrassaient que trois assiettes à la fois, Cap en empilait six et plus, avec les couverts compris. Tout d'abord, les dîneurs l'observèrent en retenant leur souffle, mais le voyant avancer, brandissant les assiettes, et soudain, trébucher, échappant presque la pile, et recouvrant de justesse son équilibre – cela tourna vite au divertissement. Chaque voyage qu'il complétait était marqué d'acclamations de plus en plus énergiques, surtout de la part des garçons qui s'étaient attardés beaucoup plus longtemps que de coutume, pour faire la connaissance du nouveau.

Plus les dîneurs applaudissaient, plus le révérend Hope rayonnait de plaisir, et plus Jeannie enrageait. *Il vient d'arriver, et déjà, tout le monde le fête. Comment fait-il ?*

À la fin de la soirée, le révérend Hope déclara :

— Jeannie, mon enfant, je tiens à te remercier de ton travail. Ta mère peut être fière de toi.

Jeannie s'imaginait bien comment sa mère qualifierait l'accueil que sa fille avait fait à Cap.

— Et, pousuivit le révérend Hope, ma femme m'informe que nous avons failli manquer de vivres, tant il y avait de monde ! La nouvelle s'est répandue que la famille d'Alf était de retour. Tout le monde pensait qu'ils seraient ici ce soir, à ce qu'il semble. Mais au moins, Cap est venu. Et il est si aimable ! Grâce à lui, cette soirée est la plus réussie que nous ayons jamais donnée !

Le sourire de Jeannie disparut. *Cap Parker, Cap Parker. Tout le monde ne parle que de lui ! Qu'est-ce qu'il a fait de si merveilleux, je me le demande...* Elle arracha son tablier et le remit brusquement au pasteur, déconcerté.

— Tenez. Je dois rentrer.

Elle se hâta vers la porte, comme Cap traversait la salle, les bras chargés d'une pile de chaises. Il la foudroya de nouveau du regard et elle lui rendit la pareille.

Dehors, dans le crépuscule, Jeannie exhala enfin son souffle. Elle espérait que son père se dépêcherait d'arriver. Une voiture s'approcha, mais c'était le père MacNeil de l'Église catholique. Il tenait son violon et son archet sous le bras.

— Bonsoir, Jeannie, lança-t-il, en montant à grands pas les marches. Je suis venu faire un peu de musique œcuménique avec le révérend Hope pour terminer la soirée. Je me demande si le fils d'Alf Parker est aussi bon musicien que son père l'était.

Jeannie avait envie de se mettre à crier.

— Je n'en sais rien, Mon Père, se contenta-t-elle de répondre. De toute façon, je ne peux pas rester. J'attends mon père.

— C'est dommage, répliqua l'abbé en entrant dans la salle. Bonsoir, mon enfant.

❏

— Alors, interrogea papa sur le chemin du retour, comment s'appelle la petite Parker ?

— Ce n'est pas une fille. C'est un garçon. Cap. Quel nom stupide !

Jeannie évita de regarder son reflet dans la vitre du camion. Elle fixa son regard au loin, sur les arbres qui se profilaient en noir contre le ciel.

— Ah, fit son père, en passant son pouce sur le tableau de bord poussiéreux, et en levant aussi les yeux vers le ciel. Une bonne pluie ne ferait pas de mal.

Ils poursuivirent leur route en silence, mais dès qu'ils eurent passé le pas de la porte, maman se mit de la partie.

— Viens là et raconte-moi tout sur elle.

— Il n'y a pas d'*elle*, maugréa Jeannie. C'est un *il* !

— Dommage. Est-ce que la jeune fille n'a pas pu venir ce soir ? Tant pis, il reste toujours demain.

Jeannie redressa tout son corps. *Bien sûr, il y a une jeune fille dans cette famille ! Elle doit seulement être un peu plus jeune que Cap. Je vais la rencontrer demain à l'école !*

Maman déposa son tricot sur son ventre.

— Raconte-moi ce souper, dit-elle. Maintenant que Pearl est couchée, je peux enfin m'entendre penser.

Jeannie elle-même mourait d'envie d'aller se coucher pour pouvoir réfléchir à demain, mais elle s'assit sur le tabouret, aux pieds de sa mère. Elle décrivit le repas, la foule, les compliments que lui avaient faits les dîneurs. Elle répéta les propos de madame Campbell au sujet de la famille Parker. Elle souligna même jusqu'à quel point tout le monde avait apprécié les pitreries de Cap, taisant seulement la dispute qu'elle avait eue avec lui.

Les paupières de Jeannie commencèrent à s'alourdir. *Est-ce que je parle encore tout haut ou est-ce que j'entends seulement ce qui me passe par la tête ?*

— Tu es bonne conteuse, Jeannie, complimenta maman. Ton histoire est aussi bonne que celles qu'on entend à la radio. Maintenant, monte te coucher. Il y a école demain.

Jeannie s'endormit en imaginant une conversation avec la nouvelle, dans laquelle toutes deux se demandaient ce qui était le plus agaçant – avoir un grand frère ou une petite sœur ?

Chapitre 4

Elle se leva juste après l'aube. Il faisait trop chaud pour rester au lit, avec cette chemise de nuit en coton collée à son dos. Sa mère était en train de nourrir les poules et son père était déjà parti tailler des broussailles.

Jeannie se lava à l'eau fraîche de la pompe, dans la cuisine. Puis, elle remonta s'habiller.

De l'autre côté du corridor, Pearl bâillait, assise dans son lit.

— L'école commence aujourd'hui, annonça-t-elle.

— Je pense que je le sais.

— L'année prochaine, j'irai à l'école.

— Je sais, répéta Jeannie.

Elle enfila sa robe blanche avec les marguerites jaunes, la boutonna et la lissa soigneusement. *Au moins, la jeune fille des Parker ne l'a pas encore vue sur moi.* Elle se donna un bon coup de brosse dans les cheveux et attacha son ruban jaune.

— Eh bien! moi, rétorqua Pearl, je vais pouvoir jouer toute la journée. Et Ella va venir.

Ella Ingraham était leur autre cousine et avait le même âge que Pearl.

— Nous, on va jouer. Toute la journée.

— Tant mieux pour vous.

— Combien de dodos est-ce qu'il reste avant que je puisse commencer l'école?

— Je n'en sais rien.

Pearl descendit l'escalier derrière sa grande sœur.

— Le déjeuner est sur le poêle, lança maman qui passait, en route vers le potager.

Jeannie soupira. *Qui peut manger du gruau par cette chaleur, surtout quand il y plus d'une heure que papa l'a fait?* Mais c'était ce que l'on mangeait tous les matins, bon an, mal an, depuis le premier jour d'école, durant tout l'hiver et jusqu'à la fin de l'année scolaire. Elle déposa dans un bol une grosse cuillerée de gruau épais, rajouta de la cassonade et inonda le tout de lait.

Quand elle eut mangé, elle tailla ses nouveaux crayons avec le couteau à éplucher. Elle vérifia que ses nouveaux cahiers, sa nouvelle règle, sa gomme à effacer et ses ciseaux étaient bien rangés dans son cartable neuf. Toutes ses fournitures étaient neuves. Jeannie pouvait à peine se retenir de les toucher.

Pearl non plus.

— Laisse mes choses tranquilles ! ordonna Jeannie par-dessus son épaule, tout en lavant la vaisselle du déjeuner. Dépose-moi ça ! s'écria-t-elle, en balayant le plancher de la cuisine.

— Je n'ai rien fait, insista la petite. Je faisais rien que pratiquer.

Quand Jeannie vint se planter devant sa sœur, les mains sur les hanches, celle-ci passa la bandoulière par-dessus sa tête et lui rendit à regret le cartable.

— Moi, quand j'irai à l'école, déclara Pearl, j'en aurai un pareil.

Quand elle eut récupéré son cartable, Jeannie alla s'asseoir dehors, sur la marche, à côté de Lady.

Enfin, il fut temps de partir.

— Au revoir, Lady. Au revoir, maman !

Elle embrassa sa mère et courut jusqu'au bout de l'allée.

Dès qu'elle fut hors de portée de vue, elle ralentit. Elle ne voulait pas arriver à l'école avant la nouvelle. Ce n'était pas ainsi qu'elle s'imaginait la rencontrer.

Elle ne connaît personne. J'irai directement lui dire bonjour. On sera amies, du premier coup d'œil.

Quand elle aperçut les trois grandes filles devant elle, sur la route, Jeannie ralentit encore davantage. Sarah Phillips et Mélanie Matthews marchaient côte à côte avec Verity Campbell, l'encadrant de si près qu'elles s'appuyaient pratiquement sur elle.

Jeannie fit semblant de ne pas s'inquiéter du fait qu'elles allaient arriver à l'école avant elle. *La nouvelle sera mon amie*, se répétait-elle, *j'en suis certaine. Il faudra simplement me faire à l'idée qu'elle est plus jeune que Cap. Peut-être a-t-elle déjà ses onze ans ou son anniversaire aura lieu bientôt, comme moi. Nous pourrons les fêter ensemble! Papa nous conduira l'une chez l'autre. Peut-être même que nous échangerons des cadeaux.*

Dès qu'elle put voir la cour de l'école, elle se mit à chercher des yeux la nouvelle. Les petits se pourchassaient dans tous les sens. Les garçons se bousculaient. Et, les trois grandes filles bavardaient toujours, comme si elles ne s'étaient pas vues de tout l'été. Pas une fois elles n'adressèrent la parole aux autres.

Mais elle ne voyait toujours pas la nouvelle.

Ils habitent loin, raisonna Jeannie. *Peut-être qu'ils sont en retard et qu'il faudra attendre la récréation avant de pouvoir lui parler, mais je lui garderai quand même une place à côté de moi.* Elle alla se tenir sur la marche, à l'entrée de l'école, et se mit à surveiller la route, au cas où. La cour retentissait des cris des garçons et des filles, débordants de toute l'énergie accumulée pendant l'été.

Mademoiselle MacQueen, l'institutrice qui enseignait aux petits, sortit majestueusement de sa salle de classe. «La reine des bébés», l'appelaient les élèves. En allant se poster à la porte de l'école, elle demanda à Jeannie des nouvelles de sa famille. Les enfants se pressèrent autour de l'enseignante, lui présentant un petit frère ou une petite sœur timide, qui était nouveau cette année.

L'instituteur des grands, qui était aussi le directeur de l'école, s'appelait monsieur Moss, que les plus délurés surnommaient Mousie – quoique, jamais assez fort pour qu'il les entende. C'était un petit homme sec et chauve, à part deux touffes de cheveux qui lui poussaient de chaque côté de la tête, au-dessus des oreilles. D'une minute à l'autre, il allait venir sonner la cloche à toute volée. *Quel dommage que la fille de madame Parker soit en retard pour la rentrée des classes.*

Jeannie se tenait sur la pointe des pieds, quand une voiture apparut, mais elle sut tout de suite qu'elle ne transportait pas celle qu'elle attendait. Peu de gens avaient une voiture dans la vallée. Et tout le monde – même Verity – venait à l'école à pied, y compris ceux qui habitaient plus loin que les autres. La famille

Parker allait devoir faire pareil, malgré la neige, l'hiver, et la boue au printemps.

— Jeannie Shaw, lança mademoiselle MacQueen, veux-tu dire à monsieur Moss qu'il est l'heure de sonner la cloche, s'il te plaît?

Jeannie lui en voulut d'avoir à quitter son poste de guet. Elle détestait encore plus d'avoir à croiser les trois grandes filles, qui revenaient justement de s'admirer dans le miroir du vestiaire.

Elle fut tout étonnée quand Verity lui adressa la parole.

— Elle est chouette, ta robe, Jeannie. Elle irait pas mal... à une blonde.

Verity secoua sa belle chevelure dorée et passa son chemin d'un pas nonchalant. Jeannie s'écrasa comme un insecte que l'on piétine, tandis que les deux autres suivaient Verity.

Jeannie s'engagea dans le couloir entre les deux classes et aperçut Mousie, qui parlait à quelqu'un dans la salle des grands.

Bien sûr, pensa Jeannie, *il parle à la nouvelle! Tout ce temps, je m'inquiétais de ce qu'elle soit en retard. Elle est probablement arrivée en avance pour se présenter au professeur. J'aurais fait pareil, à sa place.*

Mais la voix qui répondit à Mousie était celle d'un garçon.

Ah! C'est Cap Parker, constata-t-elle avec irritation. *Mais ça va de soi! Bien sûr que lui et sa sœur iraient ensemble parler au directeur. Après tout, veut, veut pas, il va être en septième avec moi. Ça m'est égal, pourvu qu'elle soit en sixième. Au moins, elle sera avec nous dans la classe des grands.*

Il y eut un raclement de chaises que l'on déplace. Jeannie fit un bond et se retira dans le vestiaire. Elle les laisserait passer. Après, elle sortirait, comme par hasard.

— Très bien, jeune homme. Je n'en parlerai pas pour le moment. Je ne suis pas content, comme je viens de le dire, mais si cela peut te simplifier la vie…

Jeannie fronça les sourcils. *Ne pas parler de quoi ?*

— Merci, monsieur.

C'était encore Cap qui avait parlé.

Le prof et l'élève apparurent, profilés dans l'embrasure de la porte, au bout du couloir. Il n'y avait personne d'autre avec eux. Jeannie se tassa encore un peu plus, mais ne put reculer davantage dans le vestiaire. Elle s'affala sur le petit banc que l'on utilisait pour enlever ses bottes.

Quand Mousie sonna la cloche, les élèves formèrent un rang et entrèrent à la file dans la salle des grands. Jeannie s'affaira avec son cartable, en attendant que tout le monde passe. Puis, relevant le menton, elle sortit du vestiaire et entra la dernière dans la classe.

Mousie était en train de sortir son grand cahier d'appel du premier tiroir de son bureau. Il jeta un coup d'œil à Jeannie, qui attendait debout, à l'arrière de la salle, et lui fit signe de s'asseoir à la place qui restait… à côté de Cap, à un des pupitres doubles.

Elle s'y installa, en regrettant de ne pouvoir disparaître sous terre, et s'aperçut que Cap la considérait en fronçant les sourcils. Elle regarda fixement devant elle.

Mousie commença à faire l'appel d'une voix forte et solennelle, comme il le faisait chaque année, à la rentrée.

— Verity Campbell?

— Présente.

Première partout, nota Jeannie, *première toujours*.

— John MacDonald?

— Présent, monsieur.

— Dougald MacFarlane?

— Présent.

— Mélanie Matthews.

— Présente.

Le directeur fit une pause. Le suivant, ça allait être Cap.

— *Euh,* Chris…

Mousie hésita, comme si, pour une fois, il n'arrivait pas à se relire lui-même.

— Chris…topher Parker? énonça-t-il, en levant les yeux de l'énorme cahier.

64

Toute la classe se retourna et fixa le nouveau.

— Christopher Parker, réitéra monsieur Moss.

Même Jeannie ne put s'empêcher de le regarder.

— Oui, monsieur. Présent, répondit Cap, en hochant la tête.

— Oui, répéta Mousie, qui termina en appelant Sarah Phillips et Jeannie Shaw.

J'aimerais commencer par souhaiter la bienvenue à Cap dans notre école. Nous nous réjouissons du retour de la famille Parker parmi nous. Cap, tes frères ont fait de bonnes études ici, et ton père était l'un des meilleurs élèves que cette école a connus. Nous avons tous été profondément attristés de son décès, mais nous serons toujours fiers de lui, conclut monsieur Moss, en retirant ses lunettes pour les remettre aussitôt. Ce trimestre, en prévision de l'arrivée tant attendue des lignes électriques dans la vallée, nous allons entreprendre l'étude de l'électricité.

Il pointa du doigt une liste de mots de vocabulaire qu'il avait écrits au tableau.

Jeannie se trémoussa sur son siège, en essayant de se donner du courage. Adresser la parole à Cap était bien la dernière chose au monde qu'elle souhaitait faire, mais elle mourait d'envie de savoir. Dès que Mousie eut le dos tourné, elle demanda tout bas à Cap :

— Ta sœur, où est-elle ?

Cap la dévisagea.

— Quoi ? Je n'ai pas de sœur.

Pas de sœur ! Tu l'as, ta réponse, pensa-t-elle. *Papa s'est trompé, tu t'es trompée, grotesquement trompée.* Tout le reste de l'année scolaire s'étalait devant elle, vide et sans intérêt, à l'infini.

Cap, toujours penché vers elle, chuchota à son tour :

— J'ai des cousines.

— Quoi ?

— Je veux dire, *une* cousine. Son père est mort au printemps dernier. Ma tante travaille à la fabrique de chocolats de Halifax, ce qui fait que Moira vit avec nous pour l'instant.

— Eh bien, où est-elle ?

— À la maison, répliqua Cap, mimant les mots en silence.

Il vérifia que le professeur poursuivait son explication.

— Elle commence l'école l'année prochaine, reprit Cap à voix basse. Elle n'a que quatre ans. Au fait ! Ma grand-mère m'a dit que ta sœur a quatre ans aussi.

Jeannie le dévisagea, puis s'affaissa sur sa chaise.

— Chic ! murmura-t-elle maussadement. Pearl va encore se faire une autre amie ! C'est bien ma chance.

— Écoute, Jeannie Shaw…

— Ah, tais-toi ! s'écria Jeannie, plus fort cette fois – au beau milieu d'un silence, comme le directeur finissait d'expliquer le sens latin du mot *électrique* au tableau.

Electrikus, écrivit Mousie : *Mot latin signifiant « produit par l'ambre lorsqu'on le frotte »* puis, sans se retourner, il lança :

— Mademoiselle Shaw, auriez-vous l'obligeance d'attendre un moment plus convenable pour faire connaissance avec monsieur Parker ?

Toute la classe se mit à ricaner, mais se tut aussitôt quand Mousie se retourna en fronçant les sourcils.

Jeannie, vexée, les joues en feu, se raidit sur son siège.

Après quoi elle n'entendit plus un mot de ce que monsieur Moss racontait. L'horrible matinée s'éternisa. Cap n'améliora pas les choses en murmurant : « désolé », au moment où la récréation la forçait à se lever.

— Toi, je te défends de te désoler pour moi ! le rabroua-t-elle.

— J'abandonne ! s'écria-t-il, haussant les mains, exaspéré. C'est bien une fille, tiens !

Et il fila rejoindre ses camarades.

Baissant les yeux d'un air furieux, Jeannie ne les releva pas davantage au moment de sortir dans la cour ni en allant s'asseoir à l'écart, toute seule dans l'herbe, dos à l'école. À la grande récréation, elle s'isola de la même façon. Personne ne vint la voir et elle eut toutes les peines du monde à avaler son sandwich aux œufs, une minuscule bouchée à la fois.

Elle en était toute retournée. Ça allait continuer comme ça jusqu'à la fin de l'année, elle le savait ! Et c'était entièrement la faute de Cap Parker ! Là-dessus, elle n'avait aucun doute.

Chapitre 5

Jeannie évita le nouveau pendant tout le reste de la semaine. Tous les autres gravitaient vers Cap, à la grande récréation, et dès que la cloche sonnait, à la fin des classes. Alors, tout le monde le bombardait de questions sur la vie en ville, lui demandant de décrire les buvettes, les trottoirs, les lumières, et surtout, les cinémas.

Cap Parker les amusait en leur racontant les films qu'il avait vus aux matinées du samedi. En échange, il voulait qu'on lui indique les meilleurs coins pour pêcher dans la vallée de la Margaree, et les plus beaux sentiers pour excursionner. Trouvant ces conversations assommantes, les filles retournèrent à leurs propres jeux. Encore un qui ne savait parler que de chasse et de pêche.

— Excursionner ? s'écria John Angus, incrédule. Est-ce que tu nous prends pour des scouts ?

Les autres garçons se mirent à rire.

Eh! bien moi, ils ne me leurrent pas, pensait Jeannie, qui entrait justement dans la cour à ce moment-là. *Je gage qu'ils seraient les premiers à s'inscrire, si quelqu'un décidait de fonder une troupe ici.*

— Nous, on va à la pêche, déclara John Angus. On dresse des pièges et on tend des collets. On est des hommes, pas des scouts!

— Bon, d'accord, admit Cap. Alors, où est le meilleur coin pour pêcher? Quelle sorte de pièges est-ce que vous tendez?

Ils se mirent à parler tous ensemble, racontant ce qu'ils savaient, se contredisant les uns les autres. Leurs voix gaies et bruyantes portaient d'un bout à l'autre de la cour, jusqu'à l'endroit où Jeannie était assise, toute seule, faisant semblant de ne rien entendre, alors qu'elle écoutait tout ce qu'ils disaient.

Le lendemain, Cap apporta sa boussole, qui avait appartenu à son père; elle était dans la poche de sa chemise, retenue par un cordon à l'un de ses boutons.

— Mon père la portait de cette façon, pour s'assurer de ne pas la perdre, expliqua-t-il aux autres garçons.

Le troisième matin, il arriva avec une carte du comté d'Inverness. Celle-ci aussi avait appartenu à son père. Il s'en aida pour présenter sa rédaction, intitulée *Ce que j'ai accompli pendant mes vacances d'été*. Mousie leur donnait le même devoir chaque année, à la rentrée.

Verity passa la première. Elle raconta son voyage à Halifax, dans les moindres détails, décrivant les parcs et les magasins, et un film qu'elle était allée voir. Elle et sa famille avaient même mangé dans un restaurant chinois, quoique, pour sa part, Verity n'y ait commandé que des frites. Ensuite, ce fut au tour de John Angus, qui expliqua qu'il avait travaillé à la scierie de son grand-père. Puis, Mélanie parla de ses visites à toute sa parenté. À l'entendre, on aurait cru qu'elle avait fait une douzaine de voyages au cours de l'été, mais Jeannie savait bien que les oncles, les tantes et les grands-parents de celle-ci habitaient la même rue, à Port Hood, à moins de deux heures de route.

— La principale chose que j'ai accomplie, annonça Cap à la classe, quand vint son tour, a été de revenir habiter ici, dans la vallée de la Margaree. Maintenant, chaque jour, j'escalade une montagne, j'explore un ruisseau ou je découvre un sentier où mon père a marché, avant de partir et de mourir à la guerre.

Le cœur de Jeannie se serra en l'écoutant. *Mon père aussi aurait pu ne jamais revenir. Je crois que je serais morte si c'était arrivé.*

Comment s'était-on senti, pendant que papa était parti à la guerre? se dit-elle en secouant la tête. À cette époque, elle était trop jeune pour s'en souvenir. C'est à peine si elle se souvenait du jour où il était revenu ; il ressemblait à une version fatiguée de lui-même, sur la photo qu'il leur avait envoyée de Halifax avant de s'embarquer. N'ayant que cinq ans, elle avait mis plus d'une semaine à cesser de se cacher derrière maman, chaque fois qu'il entrait dans la pièce.

Jeannie frissonna. Elle ne pouvait pas s'imaginer perdre quelqu'un qu'elle aimait. Elle se réjouissait que la guerre soit finie, afin de ne jamais avoir à faire face à une situation semblable.

— C'est à mon père que je pense quand je marche dans les bois, poursuivit Cap, en lisant sa rédaction à haute voix. Je n'avais que trois ans quand il est parti à la guerre. Mais il nous a écrit des centaines de lettres – en nous racontant, pendant des pages et des pages, tous les endroits qu'il souhaitait nous montrer dans cette vallée. Il disait que c'était la plus belle région au monde. J'avais cinq ans quand il est mort. Souvent, maintenant, je demande à mes frères de me parler de lui, et de me raconter les fois où ils sont allés à la chasse et à la pêche avec lui. J'ai tant relu ses lettres et entendu d'histoires à son sujet que c'est comme si j'avais été présent lors de ces excursions. Mais j'étais trop jeune pour en faire partie.

Cap se tenait bien droit, à l'aise devant la classe – alors que les autres n'avaient cessé de remuer et de renifler, en prenant des airs de bête piégée.

— Maintenant que nous sommes revenus dans la vallée, reprit-il, lisant toujours, comme papa l'a toujours souhaité, et que j'explore à mon tour ces rivières et ces sentiers, j'ai l'impression d'y être déjà allé. Et, c'est à cause de mon père.

Cap s'interrompit, mais garda la tête baissée. Il termina en disant :

— Mon père a quitté le Cap-Breton pour servir son pays, mais dans son cœur, il n'en est jamais parti.

En l'écoutant, Jeannie avait la chair de poule. Personne n'avait jamais parlé ainsi de leur île ni de leurs pères avant aujourd'hui.

Du coin de l'œil, elle regarda Cap qui revenait à sa place. Il avait eu l'air si sûr de lui, debout devant tout le monde, mais maintenant, elle voyait qu'il avait le cou tout rouge.

Le directeur s'éclaircit la gorge :

— Un excellent effort, qui témoigne de ton talent pour l'écriture et... qui fait honneur à ton père.

Mousie sortit son mouchoir, ôta ses lunettes et les essuya énergiquement. Puis, il appela Sarah Philipps à l'avant, et lui demanda de lire sa rédaction.

Jeannie allait encore parler la dernière, comme toujours, selon l'ordre alphabétique, en vigueur. Elle avait hâte d'en finir. *Qu'ai-je fait de mes vacances, après tout, à part coudre des vêtements, cueillir des bleuets et rêvasser, perchée sur mon rocher préféré, en m'imaginant que j'avais une amie ?* Elle n'allait certainement pas leur parler des heures qu'elle avait passées toute seule cet été.

Quand son tour vint enfin, Jeannie lut sa rédaction à toute vitesse. Elle portait une des robes qu'elle s'était faites, afin de la montrer à la classe. Mais l'après-midi était déjà avancé et ses camarades dormaient à moitié. Aussi prêtèrent-ils aussi peu d'attention à sa présentation, qu'ils n'en eussent prêté au bourdonnement des mouches aux vitres de la fenêtre.

Après l'école, Cap déplia la carte qu'il avait apportée.

— Ce coude, dans la rivière, dont tu parlais, demanda-t-il à John Angus, celui où il y a la fosse à saumon, est-ce que c'est celui-ci ?

Jeannie l'entendait, devant elle, dans le rang, comme ils sortaient de classe. Cap avait repéré sur la carte tous les sites que les autres garçons lui avaient mentionnés, et même mesuré les distances et les élévations.

❏

— Vous, vous avez grandi en sachant tout cela, disait Cap, vendredi matin, à la récréation, quand Jeannie passa à côté de lui. Moi, il va falloir que je vous rattrape, étant donné que je viens d'arriver.

Il n'y avait pas un détail de la vallée de la Margaree, de ses collines, de ses vallons, de sa faune ni de sa météo qui ne le fascinait pas au plus haut point, ainsi que Jeannie avait pu le constater. À l'entendre, il ne devait rentrer à la maison que le soir, pour dormir. Depuis qu'il avait découvert le gros canot de son père, dans la grange de sa grand-mère, il n'avait pas cessé de harceler ses frères, les implorant de l'aider à le réparer. Il avait déjà persuadé son frère Tam de l'emmener explorer la branche sud-est de la rivière.

— Es-tu fou? s'écria Dougald. Vous avez certainement dû porter le canot presque tout le long! L'eau est bien trop basse, cet été!

Ce n'était pas quelques portages qui l'avaient arrêté, insista Cap. Il raconta qu'il avait vu une femelle orignal, parfaitement immobile, en train de mâchonner une longue touffe d'herbe, juste en amont de Margaree Harbor, à l'endroit où la rivière s'élargissait.

— On a cessé de pagayer, Tam et moi, et on est passés, silencieux comme des carpes, en se laissant aller au fil de l'eau. Quelle bête magnifique! C'était la première fois que j'en voyais une de si près, à ciel ouvert.

Jeannie s'attardait aux abords du groupe, tout juste à portée de voix, tout en faisant semblant de s'intéresser au livre qu'elle lisait, plutôt qu'à leur boniment insignifiant. À vrai dire, elle aurait souhaité en savoir plus long sur cette randonnée en canot… si ce n'était du fait que Cap et elle ne s'adressaient plus la parole.

— Voyons, c'est rien, ça, s'exclama John Angus d'un ton vantard. J'en ai vu des tas, moi, d'orignaux. C'est bête comme un âne, un original. Celle-là n'aurait pas plus bougé si tu lui avais mis ton pied quelque part!

— Un orignal, ce n'est pas bête! protesta Cap. Cette femelle savait qu'elle n'avait rien à craindre. Si tu veux savoir, même un ours noir n'oserait pas s'attaquer à un orignal! Mon père me l'a dit. Ou en tout cas, il l'a dit à mes frères. De toute façon, on a vu un tas d'aigles d'Amérique. J'en ai vu un attraper un saumon, le sortir de l'eau et s'envoler en le tenant entre ses serres. À deux pas de nous, comme je te vois!

Monsieur Moss apparut à la porte de l'école et appela Cap, qui salua ses camarades et courut le rejoindre.

Cap sortit des papiers de son manuel de géographie et les donna à Mousie. Celui-ci les

76

examina en secouant la tête. Cap esquissa un haussement d'épaules. *De quoi parlent-ils?* se demanda Jeannie. Monsieur Moss remit à Cap un livre que Jeannie reconnut : c'était le même manuel de géographie qu'on leur avait distribué, trois jours auparavant, et que Cap s'empressa de glisser sous son bras, avec celui qu'il tenait déjà. Puis, il salua le directeur et s'éloigna de la porte à grands pas.

En passant près de Jeannie, il fit passer ses livres de son bras au-dessous de l'autre, comme s'il cherchait à les cacher.

Pourquoi est-ce qu'il lui faut deux exemplaires du même livre? se demanda-t-elle.

❏

Plus tard, après le souper, quand elle eut terminé la vaisselle, Jeannie alla s'asseoir sur son rocher, au bord du ruisseau, dans le bois. Autrefois, Lady l'y accompagnait, effrayant les grenouilles qu'elle flairait au passage, avant de s'affaler dans l'herbe humide. Mais maintenant, même quand elle cajolait la chienne, celle-ci refusait de bouger de son coin ombragé sur la véranda.

— C'est une bien vieille dame, avait dit papa.

— Elle a le même âge que moi! avait protesté Jeannie.

— Tu sais bien que c'est vieux, pour un chien, ma chérie. Ces temps-ci, elle fait plus de bruit quand elle dort que quand elle veille. Sa truffe ne sent plus très bien les odeurs. Elle est vieille et fatiguée. Laisse-la se reposer.

La saison dernière, en effet, Lady n'avait même pas accompagné papa à la chasse aux lièvres.

Jeannie se rendit donc seule à son rocher. Celui-ci était plus haut qu'elle, et plus large à son sommet qu'à sa base, que l'eau avait érodée. Sur son flanc rugueux, deux anfractuosités offrirent un point d'appui à Jeannie, dès qu'elle fut assez grande pour y grimper. Chaque printemps, en grandissant, elle était revenue s'essayer, jusqu'au jour où, en se dressant sur la pointe des pieds, elle avait enfin pu s'y hisser. Ce jour-là, c'était devenu son rocher. Sur le dessus, deux creux formaient des sièges naturels, où parfois Jeannie s'imaginait que Cécilia venait s'asseoir avec elle.

Ce soir-là, elle s'installa à l'ombre, mais n'ouvrit pas tout de suite son livre. Passant en revue sa première semaine d'école, elle se remit à penser au nouveau. Jour après jour, elle s'était répété que, si ce n'eût été de Cap Parker, elle aurait maintenant une amie à qui montrer sa cachette préférée. Mais maintenant, dans le calme de la forêt, elle devait bien s'avouer que Cap n'était pas aussi détestable qu'elle avait bien voulu le croire. Elle entendait le ruisseau lui parler tout bas. Elle ne pouvait pas tenir Cap responsable du fait qu'elle n'avait pas d'amie. Aussi, une fois qu'elle eut pardonné à celui-ci d'avoir remplacé la compagne tant souhaitée, en eut-elle la conscience allégée.

Jeannie ouvrit son roman, une aventure de Nancy Drew intitulée *Le mystère de la cloche qui sonnait.* Une heure passa, pendant laquelle elle s'imagina qu'elle participait aux péripéties de l'héroïne. Elle termina le dernier chapitre et referma le livre. *Nancy Drew en avait, de la chance. Elle avait ses amies, Bess et «George», pour l'aider à élucider des mystères et pour avoir du plaisir.*

Jeannie ne s'était pas rendu compte à quel point elle enviait ce type d'amitié, jusqu'au jour où sa cousine Tina était entrée au secondaire. À présent, Tina avait passé sa onzième, avait terminé l'école et s'était fiancée, et le tout, au cours de la même semaine! Depuis, les jours se succédaient en une série d'allers et de retours solitaires, de la maison à l'école et de l'école à la maison.

Non qu'elle et Tina aient été très liées. Jeannie n'avait jamais demandé à Tina de l'accompagner ici, sur son rocher. Sa cousine lui avait appris à coudre. C'était d'ailleurs leur unique sujet de conversation. Mais maintenant que Tina s'apprêtait à se marier et qu'elle travaillait à l'usine de poisson d'Inverness, Jeannie ne la voyait presque jamais. Au début, Tina ne lui avait pas vraiment manqué. Jusqu'à cette semaine, quand l'école avait commencé.

Peut-être, malgré tout, devrais-je me rapprocher de Tina. C'est sûrement mieux que d'être sans amie du tout. Je vais essayer, à la première occasion.

Jeannie ramena ses jambes contre sa poitrine et s'appuya le menton sur les genoux. Elle continua à contempler le ruisseau, jusqu'au crépuscule, quand les moustiques commencèrent à sortir. Dès que la première étoile parut, elle repartit pour la maison.

❏

Le samedi matin où devait avoir lieu l'excursion aux bleuets, ce fut le branle-bas chez les Shaw. Chacun se dépêcha de déjeuner, de préparer le pique-nique et de réunir les seaux pour la cueillette, sans oublier la couverture pour s'asseoir. Toute la famille s'entassa dans le camion et papa déposa maman, Jeannie et Pearl devant la salle paroissiale, puis il partit tailler des broussailles.

La température se réchauffa, à mesure que les familles arrivaient, et en attendant le moment du départ, on se racontait les dernières nouvelles. Quand un bruit régulier de sabots les avertit de l'approche des chariots, tout le monde poussa un cri de joie. John Angus apparut, leur fit signe du haut de son siège, à l'avant du premier chariot, et s'appliqua à manœuvrer l'énorme cheval. Cap conduisait le second chariot.

Comme par hasard! se dit Jeannie, croisant les bras et fronçant les sourcils. Pearl tira sur la manche de sa sœur.

— C'est qui? voulut-elle savoir. Est-ce que c'est lui, le fils du pauvre Alf, celui qui a un papa mort?

Jeannie prit sa sœur par la main et l'entraîna dans la direction de maman, et elle les conduisit vers le chariot de John Angus. Tina et Ella y étaient déjà, en compagnie de tante Libby. Celle-ci tapota le siège à côté d'elle, invitant maman à s'y asseoir. Pearl et Ella s'installèrent ensemble sur le plancher du chariot. Jeannie et Tina se partagèrent une place sur le banc, près d'elles.

Quand chaque garçon donna le signal à son cheval, un nouveau cri de joie éclata et tout le groupe se mit en route. Les conversations s'animèrent, surtout dans le chariot où Jeannie n'était pas. Les chevaux tiraient leur lourd fardeau. Jeannie, debout, s'agrippa au bord, allongeant le cou pour essayer de voir ce qui causait tant de vacarme dans l'autre chariot.

On y riait beaucoup, constata-t-elle, des efforts de Cap pour faire accélérer son cheval, qui n'en tenait pas compte et s'obstinait à conserver le même pas, lent et laborieux. Cap aussi riait de bon cœur, en se retournant à demi sur son siège et en se joignant à la bonne humeur générale.

Le chariot où était Jeannie passa sur un cahot, la faisant tressauter, de sorte qu'elle écarta les bras pour ne pas perdre l'équilibre. Son geste attira l'attention de Cap, qui la regarda directement. Jeannie se baissa si brusquement que, sans le faire exprès, elle s'assit sur Pearl, qui la repoussa vivement.

— Qu'est-ce que tu as vu, Jeannie? demanda la petite, en se levant. Ah! Bonjour, Cap Parker!

D'un coup sec, Jeannie la fit rasseoir, si bien que Pearl tomba à la renverse et se plaignit aussitôt à maman. Cette dernière les gronda, les sommant toutes deux d'être gentilles et de se tenir tranquilles. Peu à peu, la chaleur, et le bringuebalement finirent par apaiser tout le monde.

Ils parvinrent bientôt aux Crowdis Barrens. Le paysage, sauvage et désert, s'étendait devant eux à perte de vue. Le révérend Hope et madame Campbell s'interpellèrent, d'un chariot à l'autre, et une dispute polie éclata, pour identifier l'endroit où l'on s'arrêtait traditionnellement. Cap y mit fin en stoppant à mi-chemin entre les deux points. Les enfants sautèrent des chariots, tandis que leurs aînés s'étiraient les membres et s'aidaient mutuellement à en descendre.

Jeannie et Tina empruntèrent un sentier qui menait très loin au milieu des Barrens.

— Alors, comment vont tes préparatifs de mariage ? demanda Jeannie à sa cousine, même si elle connaissait déjà la réponse, à force de s'en faire rebattre les oreilles par sa mère et sa tante.

— Oh ! Jeannie ! s'extasia Tina. La cérémonie va avoir lieu le deuxième samedi de juin ! Quand je pense que, dans exactement quarante semaines, je serai madame Edwin MacDonald ! Une femme mariée ! Est-ce que ce n'est pas la perfection même ?

Jeannie avait peine à imaginer sa propre entrée au secondaire, et encore plus son propre mariage, mais elle se contenta de sourire et de hocher la tête, tandis que Tina décrivait sa robe de mariée, ainsi que les fleurs, et la réception qu'elle envisageait. Elle avait beau se trouver au milieu des Barrens, cela ne l'empêchait pas de feuilleter en pensée le catalogue de chez Eaton, et d'énumérer pour Jeannie toute la marchandise qu'elle allait commander, pour équiper son foyer parfait de femme mariée. Tina savait même le numéro de page de chaque article par cœur.

Jeannie essaya de changer de sujet.

— Ces bleuets sont si bons. La tarte aux bleuets est mon dessert favori. Et toi, Tina ?

Tina frappa dans ses mains.

— Au fait, tu ne sais pas le plus parfait de tout ? La mère d'Edwin me permet de recopier toutes ses recettes. Je vais pouvoir servir à mon mari ses repas préférés quand il rentrera du travail. N'est-ce pas divin ?

Tina se remit à rêvasser. Elle allait d'un arbuste à l'autre, sans faire attention à ce qu'elle cueillait.

— Hum, marmonna Jeannie. C'est des tartes aux brindilles qu'elle va lui donner, à son mari.

Tina reprit son bavardage interminable.

— Tina, interrompit Jeannie. Tina ! Oh ! pour l'amour du ciel ! s'exclama-t-elle, comme sa cousine continuait, parlant sans arrêt, en répétant Edwin, Edwin, Edwin.

Jeannie la considéra en fronçant les sourcils. *Est-ce que tomber amoureux rend vraiment idiot à ce point ?* se demanda-t-elle. *Je n'en peux plus de l'entendre !*

— Tina ! lança-t-elle, je m'en vais voir comment va maman.

Tina détourna enfin la tête.

— Comment va ma tante Priscilla, au fait ? Imagine-toi, Jeannie, dans quelques années, moi aussi je serai maman, et j'aurai un petit bébé chéri, tout à moi. N'est-ce pas que ce sera la perfection même ?

Quand Jeannie laissa Tina, celle-ci faisait l'éloge de son beau mari et des beaux enfants parfaits qu'ils allaient avoir ensemble.

— Te voilà ! dit maman en la voyant. N'est-ce pas une journée parfaite ?

— Ah non, maman, je t'en prie, pas toi aussi ! supplia Jeannie. C'est le seul mot que Tina connaît, à part Edwin.

— Ah, l'amour, soupira maman, qui, en se relevant, manqua soudain tomber sans connaissance. Ciel, mais cette chaleur est insupportable ! murmura-t-elle, chancelante.

— Assieds-toi là, maman, sur ce rocher. Tu aurais dû rester à la maison pour te reposer.

— Si j'étais restée à la maison, je ne me serais pas reposée. Voilà une chose que notre Tina va apprendre. Elle trouvera sans doute la vie moins parfaite quand elle devra s'occuper d'un ménage. « Un homme peut travailler du lever au coucher du soleil, mais le travail d'une femme n'est jamais terminé. » Quel temps merveilleux, tout de même ! Peut-être, après tout, que je vais m'asseoir et en profiter quelques instants. Ne t'en fais pas, je me sens très bien.

Jeannie alla remplir un autre seau, et bientôt, tout le monde se rassembla pour le pique-nique. Tante Libby, Tina et Ella étendirent leur couverture à proximité. On se régala de sandwiches au jambon, de galettes au fromage et de biscuits sucrés.

— Comment se fait-il que tout a si bon goût quand on fait un pique-nique ? demanda Pearl, en mordillant le tour d'un biscuit à la mélasse – qui était son biscuit préféré. Maman sortit le bocal à saumure rempli de limonade et le vida dans les verres – le liquide était tiède, mais délicieusement acidulé.

— Regarde, maman ! s'écria Pearl. Je bois du soleil !

— Dans ce cas, répliqua Jeannie, tu as du soleil qui te coule sur le menton.

La petite éclata de rire.

Jeannie détestait se l'avouer, mais le mot *parfait* était bien celui qui convenait pour décrire la journée. Tout le monde pique-niquait, tout le monde était heureux, au soleil. Les écureuils jacassaient dans les buissons. Un aigle d'Amérique appelait sa femelle, en la poursuivant à travers le ciel.

Le révérend et madame Hope vinrent bavarder avec maman et tante Libby. Madame Campbell, ne voulant jamais être en reste, se joignit à eux. Jeannie suivit des yeux Ella et Pearl, qui s'éloignaient en courant le long des sentiers. Ella était une petite fille sage, alors que Pearl était remuante et bavarde comme une pie, mais elles étaient bonnes amies.

— Eh bien, déclara madame Campbell, ce n'est pas en nous prélassant ainsi que nous allons pouvoir mettre de la confiture sur nos tables. Vous, Priscilla, ordonna-t-elle à la mère de Jeannie, rassoyez-vous tout de suite sur cette couverture. Une femme dans votre état ! Je suis sûre que votre Jeannie cueillera autant de bleuets qu'il vous en faut en un rien de temps.

Maman considéra sa fille aînée d'un air contrit.

— Ça ne me dérange pas, dit Jeannie.

Elle trouva un coin où les bleuets poussaient en abondance et ne tarda pas à remplir son dernier seau. Elle plongea la main au milieu des baies, qui allèrent rouler contre le bord du contenant en faisant un bruit sourd, comme un rire étouffé.

Elle suivit le sentier sinueux, respirant l'odeur qui montait du sol chauffé par le soleil. En ce moment, les Crowdis Barrens étaient couverts d'une verdure que la brise agitait, et les lieux résonnaient de gaieté, mais d'ici quelques semaines, cette étendue de toundra se révélerait redoutable. Dès les premières bourrasques de l'automne, les Barrens se dénuderaient et le froid y deviendrait si cruel qu'on aurait peine à croire qu'on ait pu y connaître une journée aussi radieuse. Aujourd'hui, cependant, Jeannie n'arrivait pas à croire à l'hiver.

— J'ai bien peur, ô Seigneur, récitait maman quand Jeannie la rejoignit, que Vous n'ayez comblé le monde d'un surcroît de beauté, cette année.

Les cueilleurs commencèrent à revenir vers les chariots, ayant assez profité du soleil et assez cueilli de bleuets en cette journée. Mais il restait le souper à faire cuire et des conserves à préparer.

— Ella, lança maman à sa jeune nièce, où est Pearl? Est-ce qu'elle n'était pas avec toi?

Ella regarda autour d'elle.

— Elle était ici il y a une minute, s'étonna la fillette.

— Cette enfant! soupira maman, en secouant la tête et en se levant avec précaution. Jeannie, Pearl s'est encore éloignée. Va la chercher, s'il te plaît.

Jeannie s'engagea sur le sentier étroit qui se faufilait dans les broussailles, jusqu'à ce qu'elle retrouva le dernier endroit où elle avait vu sa sœur.

— Pearl! lança-t-elle au hasard.

Elle se retourna, vérifiant que sa sœur n'était pas reparue parmi la foule derrière elle. Les autres membres du groupe scrutaient les alentours, sans s'inquiéter encore vraiment.

Jeannie grimpa sur un rocher. Aucun signe de la petite. Le cri d'un aigle retentit tout près, mais Jeannie ne se laissa pas distraire. Le bruit se répéta, une fois, deux fois. Elle finit par tourner la tête.

De la hauteur d'un pli de terrain, Cap Parker lançait des signaux, en agitant les bras dans sa direction. C'était lui qui avait sifflé. *Qu'est-ce qu'il veut?* se demanda Jeannie. Elle se détourna, sur le point de sauter du rocher, mais un nouveau cri aigu l'arrêta. Elle lança à Cap un regard mécontent. Il agita les bras de nouveau, en indiquant un point au-delà de la colline où il était.

Jeannie s'y dirigea à grands pas. Le soleil, bas, brillait dans ses yeux. Comme elle contournait le pied de la colline, Pearl bondit d'un buisson.

— Bou! cria-t-elle.

Jeannie faillit tomber à la renverse.

— Ah, quelle peste!

Pearl n'arrêtait pas de rire aux éclats.

— Je t'ai fait peur! Tu as cru que j'étais le Bochdan, pas vrai, Jeannie? Hou! je suis le fantôme de la Margaree!

Jeannie se dépêtra de la broussaille et saisit sa sœur par le bras.

— C'est *toi* qu'on devrait laisser ici, pour que le Bochdan t'attrape, après le coucher du soleil!

Pearl tapa du pied.

— Je faisais rien que jouer ! protesta-t-elle. De toute façon, maman ne partirait jamais sans moi. Je suis son bébé.

— Tu ne le seras plus très longtemps. Quand le nouveau bébé arrivera, tu ne seras plus rien du tout.

— Tu es méchante ! s'écria Pearl, et elle se sauva dans le sentier.

— Le Bochdan te poursuit, Pearl ! cria Jeannie, derrière elle. Il veut que tu sois son bébé, maintenant. *Ou !*

— Tu ne me fais pas peur, rétorqua la petite, qui se précipita en courant dans la foule, alentour des chariots. Maman, maman, Jeannie est méchante avec moi ! Elle dit que je ne serai plus ton bébé !

— Mais voyons, Pearl, dit maman, tu resteras mon bébé aussi longtemps que tu voudras, seulement, ne t'éloigne plus comme ça. Et toi, Jeannie, sois gentille.

Pearl tira la langue, tapie contre le ventre de maman.

— Rapporteuse, laissa tomber Jeannie, mimant le mot en silence.

Elle tourna le dos à sa sœur et reporta son regard du côté de la colline. Cap l'observait – *elle*, et non pas Pearl –, ni la foule autour des chariots. Elle leva la main et l'agita faiblement

90

en guise de remerciement. Il lui rendit son salut et dévala la colline en courant.

Le révérend Hope souleva Pearl et la déposa dans le chariot, sur le siège du conducteur. Quand Jeannie monta à l'arrière, tout le monde se tassa pour lui faire de la place, en riant et en se heurtant les uns contre les autres. Tina parlait de son mariage, avec Vivian Phillips, la sœur aînée de Sarah, qui avait été dans la même classe qu'elle à l'école. Jeannie contourna les pieds des gens, enjambant des enfants, et pour finir, prit place la dernière, derrière le siège du conducteur, où Pearl trônait, comme la gagnante de quelque prix.

Le conducteur se hissa à bord. Le chariot s'ébranla. Jeannie entendit Pearl dire :

— Salut, Cap Parker ! C'est toi qui nous conduis, cette fois ?

— Oui. Es-tu prête ? Allons-y !

Le cheval souleva ses gros sabots et se mit en marche.

Pendant tout le trajet, Pearl n'arrêta pas d'interroger Cap. Combien de frères et de sœurs avait-il ? Trois grands frères, pas de sœur, mais il avait une cousine qui habitait avec eux. Elle s'appelait Moira. Non, Moira n'avait pas pu venir aujourd'hui. Oui, il parlerait de Pearl à sa cousine, si Pearl voulait. Non, il n'avait pas su que Pearl allait bientôt être une grande sœur. Non, Jeannie ne le lui avait pas dit.

— Je n'ai pas encore de frère, juste une grande sœur, l'informa la petite. Est-ce que tes grands frères sont méchants avec toi?

Jeannie comprit, au son de sa voix, que Pearl se retournait pour la regarder.

Cap se mit à rire.

— Bien sûr qu'ils le sont, dit-il. Ils m'appellent «ouistiti», même si je leur ai demandé de ne pas le faire. Ils sont si vilains qu'ils se réunissent rien que pour inventer de nouvelles façons d'être méchants avec moi.

— C'est vrai? s'étonna Pearl, bouche bée. Même Jeannie n'est pas vilaine à ce point-là. Mais elle m'a crié après, juste parce que je suis allée dans sa chambre et que j'ai décoré son miroir. Je voulais seulement le rendre plus joli!

— Mais toi, raisonna Cap, est-ce que tu aimerais qu'elle aille jouer dans tes affaires?

— Non, répondit Pearl pensivement.

— En tout cas, tu as de la chance d'avoir une chambre à toi. Moi, il faut que je partage la mienne avec tous mes frères, depuis que nous habitons chez grand-mère.

— Tu dois partager? Avec tout ce monde-là?

— Absolument. Et laisse-moi te dire qu'ils ne sont pas ordonnés! Une fois, ils m'ont perdu pendant deux jours sous leur montagne de camelote. Alors que, moi, bien sûr, je suis le bon ordre personnifié.

Jeannie ne put s'empêcher de sourire.

— Raconte encore, demanda Pearl avec insistance.

— Ils font tant de désordre que notre mère a dû acheter de la vaisselle neuve. Toutes ses assiettes finissaient par disparaître dans leur chambre, et comme elle ne voulait y mettre les pieds pour rien au monde…

— Cette histoire-là n'est pas vraie! Conte-m'en une autre.

— D'accord. Ils font *tant* de désordre que, mon frère, qui est juste un peu plus vieux que moi – il s'appelle Tam – a mis une semaine avant de s'apercevoir qu'il ne dormait pas dans son lit, mais sur sa pile de vêtements sales.

Pearl n'arrêta pas un instant de jacasser ni de rire des blagues que racontait Cap.

Pearl n'est pas complètement insupportable, s'avoua Jeannie, tandis que le chariot avançait cahin-caha et que le soleil, bas à l'horizon, l'éblouissait. Le révérend Hope se mit à chanter, *Blessed Be the Tie That inds,* suivi de *She'll Be Coming Round the Mountain When She Comes.* Jeannie s'endormit à moitié, et rêva d'une maison remplie de garçons qui ressemblaient tous à Cap Parker. À la suite de tout ce qu'ils disaient, elle éclatait de rire, de plus en plus fort. Elle se réveilla en sursaut quand le cheval s'arrêta.

— C'est très gentil de ta part, Cap, disait justement maman.

Ils étaient parvenus à côté de leur propriété, à l'endroit où le sentier coupait à travers champs, pour atteindre la maison. L'autre chariot avait disparu. Jeannie descendit d'un bond, ignorant Cap qui lui offrait de l'aider.

Malgré tout, c'était lui qui avait retrouvé Pearl avant que maman ne puisse s'inquiéter. Et il s'était montré indulgent envers la petite pendant tout le chemin du retour. Jeannie se força à le regarder directement.

— Merci d'avoir été gentil avec ma sœur, déclara-t-elle, d'un ton guindé.

— Il n'y a pas de quoi, répliqua-t-il. Elle est rigolote, au moins. J'aimerais bien avoir une petite sœur ou un petit frère, au lieu de tout le temps être le ouistiti de la famille.

— Crois-moi, le poli s'use vite quand on s'y frotte tout le temps.

Cap se mit à rire.

— Ça, c'est drôle ! s'écria-t-il, en remontant sur le siège du chariot. Je te verrai à l'école, Jeannie. Au revoir, madame Shaw. Salut, ouistiti.

Le chariot s'ébranla et tout le monde le regarda s'éloigner en criant au revoir et en agitant le bras. Jeannie empoigna deux des seaux, maman les deux autres, et Pearl transporta ce qui restait du pique-nique. Elles s'engagèrent sur le sentier, dans l'herbe haute.

Pearl n'arrêta pas de jacasser tout le long, répétant à maman tout ce que Cap lui avait raconté tout à l'heure.

— Et il doit partager sa chambre avec tous ses frères, ajouta-t-elle.

— Tu as dû mal comprendre, Pearl, dit maman. La maison de madame Parker est très grande. Elle a toute la place nécessaire.

— Non, maman, témoigna Jeannie. Je l'ai entendu aussi.

— Eh bien, conclut maman. Cela ne nous regarde pas.

Elles rentrèrent à pas lents. Pendant tout le chemin, une pensée revenait constamment à l'esprit de Jeannie : *c'est bien la première fois que quelqu'un me trouve drôle. Tout le monde pense que Pearl est drôle. Mais personne n'a jamais prétendu que moi, je l'étais. Ça alors…*

Chapitre 6

— **M**aintenant, je regrette d'en avoir tant cueilli hier, se plaignit Jeannie.

Après avoir passé toute la soirée de la veille à faire de la confiture, la mère et la fille s'y étaient remises encore aujourd'hui, dès le repas du dimanche terminé.

— Nous avons presque fini, dit maman, en sortant une nouvelle série de pots de confiture de l'eau bouillante. Je vais laisser un dernier bol de bleuets, que l'on mangera crus avec de la crème, comme hier soir.

Jeannie prit un verre d'eau et sortit sur la véranda. Elle venait de s'asseoir sur la marche, à côté de Lady, quand un bolide gris et blanc passa à toute allure. Pearl arriva en criant :

— Matougris, viens à Pearlie ! Jeannie, as-tu vu Matougris ? Il veut s'habiller pour prendre le thé avec moi. Ella aussi va venir tout à l'heure, quand elle aura enlevé sa robe du dimanche.

— Peut-être qu'il est dans la grange, répondit Jeannie, l'envoyant exprès dans le sens contraire.

Pearl changea de direction.

— Matougris, où es-tu? Laisse-moi faire ta toilette.

Pauvre Matougris, se dit Jeannie. Elle rentra se changer pour aller au bureau de poste, que madame MacDonald tenait dans son vestibule. Tous les étés, maman commandait les mêmes chaussures à temps pour l'école – une paire de mocassins en gros cuir brun et une paire d'espadrilles en tissu mince.

— Achète-lui donc de jolies chaussures pour sa fête, Priscilla, avait suggéré papa à maman cette année. J'aurai touché ma prochaine paye d'ici à ce qu'on les reçoive.

Jeannie avait étudié le catalogue de chez Eaton pendant des jours entiers, et changé trois fois sa commande. Maintenant, ses chaussures étaient arrivées.

Peut-être que je devrais emmener Pearl avec moi, songea Jeannie, mais elle ressortit avant d'avoir le temps de changer d'avis.

— Pearl? lança-t-elle, sans obtenir de réponse.

— Est-ce qu'elle a déjà filé, encore une fois? demanda maman. Cette enfant aurait besoin d'un boulet à chaque pied pour la ralentir. Pourquoi la cherches-tu, au fait?

— Monsieur MacDonald a prévenu papa, à l'église, que mes chaussures étaient arrivées. Il a dit que je pouvais aller les chercher aujourd'hui, malgré qu'on soit dimanche. J'ai pensé que je laisserais le ouistiti m'accompagner.

Maman s'arrêta d'essuyer la table pour la regarder.

— Comme c'est gentil! «Car il n'est pas d'amie plus chère qu'une sœur, dans la joie comme dans l'épreuve», récita-t-elle.

Jeannie ressentit un pincement de remords. Elle avait décidé d'être plus gentille avec Pearl parce que Cap Parker s'était montré si patient avec elle. *Si lui peut*, pensa-t-elle, *eh bien, moi aussi.*

De la fenêtre, au-dessus du palier, en montant à l'étage, elle aperçut sa sœur qui courait, pourchassant Matougris à travers la cour. Jeannie ne put s'empêcher de rire en voyant la bande jaune qui pendait au cou du chat. *Pearl a dû réussir à l'attraper au moins une fois.*

Jeannie regarda le chat s'esquiver, mais la petite parvint à le saisir de sa poigne potelée. Elle s'assit dans l'herbe avec Matougris dans son giron. Pearl adorait déguiser le pauvre vieux matou avec les robes de ses poupées ou l'emmailloter dans une couverture et le parader dans son landau miniature, jusqu'à ce qu'il finisse par s'échapper.

Pearl continua de serrer le chat contre elle, en le tenant par le cou, tout en lui attachant un bandeau rouge autour du ventre. Plongeant la main dans la poche de sa robe soleil, elle en tira une bande bleue, cette fois, et la lui attacha autour d'une patte.

Jeannie allait appeler maman pour lui dire de venir voir, quand elle s'arrêta de rire et fronça les sourcils. Ces couleurs… lui semblaient étrangement familières. Pearl lâcha Matougris, le temps de lui faire une boucle, mais le chat s'échappa d'un bond et se sauva dans la grange, avant même que Pearl se remette debout. Et elle s'élança en courant, tandis que de sa poche débordaient des rubans de plusieurs couleurs.

— Oh! s'écria Jeannie. Je vais l'étrangler!

Et elle se précipita dans sa chambre. Comme elle s'en doutait, ses rubans avaient disparu. Elle dévala l'escalier à toute allure et se rua vers la porte.

— Qu'est-ce qui se passe, Jeannie? demanda maman.

— Pearl m'a encore volé mes rubans! Cette fois, elle va y goûter!

Maman se planta devant elle.

— Tu vas commencer par te calmer. Je ne laisserai pas mes filles se battre comme des chipies.

— Pourquoi ne le dis-tu pas à Pearl ?

— Je le ferai. Mais tu es l'aînée. Nous nous attendons à plus de patience de ta part.

— De la patience ! Comment est-ce qu'on peut être patiente avec cette…

— Assez, Jeannie ! éclata maman. Maintenant, quand tu trouveras Pearl, dis-lui simplement que je veux la voir, tu comprends ?

Jeannie inspira profondément, faisant un suprême effort pour prendre sur elle-même.

— Oui, maman.

Comme Jeannie ouvrait la moustiquaire d'une poussée brutale, maman lui saisit la main au vol.

— Chérie, ce n'est pas que tu aies tort, mais comme le dit la Bible : «garde-toi d'être juste à l'excès.»

Pourquoi est-ce si mal d'avoir raison ? pensa Jeannie, en serrant les mâchoires. Elle retira sa main de celle de sa mère et traversa la cour.

— Pearl ! lança-t-elle, dans la pénombre de la grange. Maman veut te voir. Tout de suite !

Pas de réponse. Pas un son. Jeannie appela de nouveau sa sœur.

Un bruissement dans le grenier à foin. Quelques brins de paille en tombèrent doucement.

— Ha! s'écria Jeannie, escaladant l'échelle à toute allure. Attends que je t'attrape, Pearl Shaw!

Parvenue au sommet de l'échelle, elle balaya du regard le plancher du grenier. Il n'y avait que des tas de foin.

— Pearl, es-tu là? demanda-t-elle, tout bas.

Un nouveau bruissement; encore des enfantillages.

— Sors, sors, que je te voie, petite peste!

Elle se hissa sur le plancher et avança sur la pointe des pieds. Comme elle passait devant la petite fenêtre, elle aperçut leur cousine Ella, qui entrait dans la cour en sautillant et en criant bonjour à Pearl.

À qui parle-t-elle? s'étonna Jeannie. *Pearl est ici.*

Jeannie se pencha à la fenêtre et vit la tête blonde de sa sœur, directement au-dessous d'elle. *Pearl!*

Et dire que, si j'étais pas une fille, je pourrais lui cracher sur la tête, maugréa-t-elle. Elle allait crier, mais se retint, car si Pearl est en bas… alors qui donc était… là, derrière elle?

Elle virevolta, le cœur battant la chamade. *Pourvu que ce ne soit pas un rat! J'ai horreur de ces bêtes-là!*

Quelque chose remua dans le foin, entre l'échelle et elle, puis dépassa l'échelle en se rapprochant sans cesse d'elle. *Là!* Elle entrevit

102

quelque chose de rouge, qui disparut aussitôt. *Est-ce qu'il saigne?*

Jeannie s'écrasa contre le mur et sentit la tête d'un clou s'enfoncer dans son dos. Un éclair bleu, cette fois, et tout de suite après, un jaune. Jeannie poussa un cri aigu. Un arc-en-ciel de couleurs, enroulé autour d'une pelote de poils et de foin, vint rouler directement à ses pieds. Matougris apparut, roulé en boule, crachant, mordillant les rubans qui pendaient, en gros nœuds maladroits, entre les touffes de son poil hérissé. Il miaulait, se tordait, mordant et griffant les rubans, essayant désespérément de s'en débarrasser.

Jeannie se jeta sur la pauvre bête.

— Ce sont *mes* rubans! s'exclama-t-elle.

Matougris fit un bond, terrifié par les cris, et atterrit trop près du bord du plancher. Il se débattit, essayant de s'accrocher, mais perdit prise. Jeannie se pencha, à temps pour le voir atterrir sur la paille épaisse, dont le sol de la grange était couvert. Il éternua, et déguerpit, filant dehors avant même qu'elle eût le temps de mettre le pied sur l'échelle. Jeannie trouva deux rubans déchiquetés au milieu de la cour. Un miaulement retentit, provenant du dessous de la véranda.

Jeannie s'accroupit.

— Viens, Matougris, laisse-moi t'aider. Viens, mon minou.

Maman parut à la porte, en s'essuyant les mains.

— Qu'est-ce qu'il y a encore ? Où est Pearl ?

— Quelque part autour d'ici, répondit Jeannie. Tu devrais voir ce qu'elle a fait à mes rubans, cette fois-ci.

— Jeannie, s'il te plaît, ne te fâche pas si Pearl a mis tes rubans. Quel mal est-ce qu'elle peut leur faire ? Cette fois, je vais m'assurer qu'elle sache bien qu'ils ne lui appartiennent pas.

— Tu pourras lui dire, suggéra Jeannie, en se baissant pour regarder au-dessous des marches, qu'ils n'appartiennent pas davantage à la vache et au cheval.

— Ne dis pas de sottise, commença maman, en sortant sur la véranda.

Au grincement que fit la moustiquaire, Matougris sortit de sous la véranda, bondit par-dessus la tête de Lady et disparut dans la maison.

— Qu'est-ce que c'était que ça ? s'écria maman.

— Rien, c'était seulement Matougris. Viens, Matougris, implora Jeannie. Viens, vieux minou.

— Matougris tourbillonnait sur lui-même entre les pieds des chaises. Ses crocs s'enfoncèrent dans le ruban bleu et il roula sur le dos, en le mordant et en se débattant.

— Matougris, arrête ! cria Jeannie. Celui-là est tout neuf !

Elle parvint à saisir un bout du ruban. Comme le chat se débattait, le nœud se défit. Matougris s'échappa à toute allure et fila devant maman qui tenait la porte. Il bondit de la véranda, roula sur lui-même et alla se traîner le ventre dans l'herbe. Il était presque rendu au puits quand Jeannie ressortit.

— Ah non ! hurla-t-elle, en se mettant à courir.

— Oh Seigneur, soupira maman.

Même par cette sécheresse, un reste de flaque persistait autour du puits. Avant que Jeannie pût l'attraper, Matougris s'y traîna, ventre à terre. Quand elle essaya de le saisir, il virevolta brusquement, en s'éclaboussant et en la salissant également.

La boue vola dans tous les sens. Matougris fila entre les jambes de Jeannie, la couvrant de boue des genoux jusqu'aux chevilles. Elle écarta les bras, baissant les yeux vers le bas de sa robe. Elle essuya son visage maculé de boue.

— Oh Seigneur, répéta maman.

Les rosiers bougèrent violemment, en même temps qu'en sortait un miaulement pitoyable. Jeannie scruta attentivement l'ombre entre leurs branches.

— Allez, sors, gros bêta. Aïe ! cria-t-elle, quand ses cheveux restèrent accrochés à des ronces, comme elle mettait enfin la main sur ses rubans.

«Yiaour!» miaula Matougris en se débattant, tandis qu'elle l'extirpait de sa cachette.

— Pardon, Matougris.

Jeannie l'immobilisa et dénoua les rubans. Quand elle eut défait le dernier, elle lâcha prise. Matougris s'enfuit d'un bond et alla se cacher sous les fondations en pierre de la grange. Il y resta, poussant des miaulements de protestation.

Jeannie s'assit dans la poussière, entourée de ses rubans déchirés.

Maman descendit les marches et se dirigea vers elle.

— Laisse! s'écria Jeannie. Laisse-moi tranquille!

— Voyons, Jeannie, murmura maman avec douceur.

— Non. Ne dis rien, à moins que ce ne soit d'abord à Pearl. Regarde ce qu'elle a fait!

Elle brandit la masse de rubans.

— Allons, Jeannie. Tu sais bien qu'elle ne l'a pas fait exprès.

— Pourquoi? s'exclama Jeannie, exaspérée. Pourquoi faut-il que tu lui pardonnes toujours, chaque fois?

— Je suis fâchée contre elle aussi, répondit maman, mais elle n'a que quatre ans. Elle ne l'a pas fait par méchanceté. Maintenant, calme-toi un peu avant que j'aille la chercher.

— Non ! C'est une teigne et… et je la déteste. Je la déteste !

C'était sorti malgré elle.

La main de maman vola de surprise à sa bouche.

Jeannie se releva et se sauva en courant.

Chapitre 7

Jeannie dépassa la grange au pas de course, s'enfuit dans les bois et courut sans arrêt jusqu'au ruisseau.

Elle s'assit sur son rocher, remonta les genoux contre elle et posa son front brûlant sur ses bras croisés, sentant son cœur frapper à grands coups. Elle se plaqua les mains sur les oreilles, comme pour échapper à ses propres paroles qui résonnaient dans sa tête. C'était, elle le savait, à peu près la pire chose qu'elle aurait pu dire.

Toute seule, au milieu de la forêt, Jeannie se mit à sangloter, délibérant avec elle-même, se parlant tout haut, jusqu'à ce qu'enfin, sa colère diminuât et qu'elle put se calmer. Elle s'était encore mise dans son tort. *Comment donc est-ce arrivé? J'allais justement commencer à être gentille avec Pearl.* Elle secoua la tête à maintes reprises. Rien de ce que sa sœur pouvait faire ne méritait qu'on la déteste.

Elle n'avait pas besoin que sa mère le lui répète pour le savoir.

Comment est-ce que je peux m'attendre à ce que maman me pardonne? Les questions se bousculaient dans son esprit, au point qu'elle en eut bientôt un gros mal de tête.

Pour finir, elle se releva et descendit de son rocher. Elle suivit le bord du ruisseau, enjambant soigneusement les racines, se tenant aux troncs des arbres, jusqu'à ce qu'elle arrivât en vue de la maison. Elle se sentait faible, sans force, comme si elle se remettait d'une grippe.

À travers la moustiquaire, elle vit Pearl, debout sur le tabouret devant l'évier, et vêtue d'un long tablier, qui frottait des rubans sur la planche à laver et sanglotait tout bas, penchée sur la bassine d'eau savonneuse. Maman se tenait à côté d'elle et lui parlait à voix basse. Apercevant Jeannie, elle déposa un baiser sur la tête de Pearl et sortit.

Jeannie ne put la regarder en face. Elle avait la gorge si serrée qu'elle en avait mal.

— Pardon, maman. Ce que j'ai dit, je ne le pensais pas.

— Je sais, ma chérie, répliqua maman, en poussant doucement la chienne du bout de son pied. Fais-moi de la place, ma vieille Lady, ajouta-t-elle, et elle s'assit sur la marche à côté de Jeannie. J'ai renvoyé Ella chez elle pour le moment. Tu sais, quand Libby et moi étions petites, nous ne nous entendions pas, même si nous n'avions qu'un an d'écart.

— Mais vous êtes meilleures amies !

— Maintenant, oui. Mais pas à cette époque. Nous nous querellions tout le temps. Et, plus d'une fois, cela nous a valu une bonne raclée.

— À propos de quoi vous disputiez-vous ?

— Je ne sais plus, honnêtement.

— Est-ce qu'elle te prenait tes affaires ?

— Tout le temps. Mais je lui prenais tout autant les siennes. Et j'ai cassé sa brosse en nacre. Je crois que je l'ai fait… exprès, précisa maman en secouant la tête. Tu vois ? Même aujourd'hui, j'ai du mal à l'admettre. Mais après toutes ces années, je sais enfin pourquoi je l'ai fait.

Jeannie ne pouvait pas imaginer une raison assez grave pour pousser sa mère, si patiente, à faire une chose pareille.

— Je l'ai fait, reprit maman, parce que Libby savait jouer du piano.

— Quoi ?

— Elle jouait bien. Pas spectaculairement, mais bien, tout de même. Alors que, moi, je n'avais pas une once de talent dans les doigts. «L'envie est un charbon ardent chauffé dans les flammes de l'enfer.» Est-ce que ce n'est pas bien dit ? J'ai lu ça, l'autre jour. Ne répète surtout pas à ta grand-mère que j'ai invoqué tout haut le mot « enfer ». Mais j'en voulais très fort à Libby de ce don qu'elle avait, et que je n'avais pas. Je sais que ce n'est pas la raison pour laquelle tu en veux à ta sœur. Matougris a plus de talent que Pearl pour la musique. Mais elle est si turbulente, soupira maman. Même moi, elle m'épuise. Et elle sera punie. Mais Jeannie, elle n'a que quatre ans. Tu ne penses pas que ça compte pour quelque chose ?

— Je veux bien, mais maman, je n'ai pas acheté *un* bonbon avec l'argent de mes bleuets, pas un ! Rien que ces rubans. Et il n'est pas question que je la laisse s'en emparer ! Je vais les cacher. Mais je te promets d'être plus gentille avec elle.

— Alors, tu peux commencer dès maintenant. Je l'ai tellement grondée qu'elle en pleure encore. Je lui ai raconté une bien triste histoire, en lui expliquant qu'elle avait fait beaucoup de peine à sa pauvre sœur.

Jeannie entra seule dans la cuisine. Pearl, à présent, hoquetait tout bas, en pressant les rubans entre ses petites mains pour faire mousser le savon. Quand elle aperçut sa sœur, elle recommença à pleurer de plus belle.

— Pardon, Jeannie, je ne voulais pas… te briser… le cœur !

Elle leva ses petits poings savonneux et se frotta les yeux, pleurant encore plus fort au contact du savon.

112

— Viens là, grande bête, dit Jeannie, en essuyant ses larmes avec un coin du tablier. Tu ne m'as pas brisé le cœur. Tu as seulement gâché mes rubans.

— Oui. Je suis une mauvaise sœur.

— Non, tu ne l'es pas. C'est moi qui le suis.

— Non, c'est moi.

— Vas-tu te la fermer, Pearl ? Je n'aurais pas dû…

— Ou, je vais le dire à Maman ! Je vais lui raconter que tu m'as crié de me la fermer !

— Des fois, tu me fâches tellement ! Bon, je ne le répéterai plus. Essayons d'être amies.

Pearl plissa le nez.

— On ne peut pas être amies. On est des sœurs.

— Bien sûr que si ! Qu'est-ce que tu fais de maman et de tante Libby ? Elles sont amies, elles !

— Ce n'est pas pareil. Elles sont vieilles.

— Vas-tu arrêter de me contredire, une bonne fois ? Regarde, je m'en vais au bureau de poste, chercher les chaussures que maman a fait venir pour ma fête. Est-ce que tu veux m'accompagner, oui ou non ?

— Youpi ! s'écria Pearl spontanément, en essuyant ses mains savonneuses sur son tablier. Je vais courir le dire à maman. Elle avait presque traversé la cuisine quand elle se retourna : est-ce qu'Ella aussi peut venir avec nous ?

— Non. Ella est déjà rentrée chez elle.

— Je pourrais me dépêcher d'aller la chercher.

— Non, je te dis !

Pearl réfléchit un instant.

— Bon, d'accord. Je pense qu'il faudra de la pratique pour apprendre à devenir amies.

Et elle courut trouver maman.

Jeannie promena sa main dans l'eau mousseuse. Dès l'instant où Pearl avait mentionné Ella, elle avait senti sa colère revenir.

Ce n'est pas que je n'aime pas Ella. Elle est ma cousine, après tout. Et Pearl et Ella jouent ensemble depuis qu'elles sont bébés. Jeannie s'immobilisa. *Est-ce que je serais jalouse ? Pearl ne fait jamais rien sans sa meilleure amie.*

— Je le suis, s'avoua-t-elle. Je suis jalouse.

Maman entra avec la petite, qui la précédait en sautillant.

— Jeannie, es-tu sûre que tu te sens capable d'emmener Pearl, malgré tout ?

Non, pas vraiment, pensa Jeannie, mais à voix haute, elle répondit :

— Nous allons nous débrouiller, maman.

Pearl avançait en faisant des bonds, à pieds joints. Elle se mit à lancer des cailloux en direction du ruisseau, en contrebas de la route.

— Regarde comme je peux lancer loin, Jeannie ! Celui-ci va atterrir dans l'eau, cette fois. Regarde !

Jeannie aurait souhaité que sa sœur se taise, pour une fois. Elle ravala sa frustration. *Pearl a raison. Cela demande beaucoup de pratique, de s'habituer à être gentille avec sa sœur. Maman et tante Libby aiment être ensemble tout le temps, que ce soit pour travailler ou pour prendre le thé. Est-ce que Pearl et moi, nous arriverons à nous entendre comme elles ?* se demanda-t-elle. La petite s'était armée d'un bâton, avec lequel elle s'amusait à soulever des petits cailloux sur le bord de la route. La poussière volait partout.

— Pouaille ! protesta Jeannie en reculant. Fais donc attention avec ton bâton !

— Une jeune fille ne dit pas «pouaille», la sermonna Pearl, et elle scanda d'une voix chantonnante : «Les vaches mangent la *pouaille*, et les juments. Les cochons aussi, s'ils savaient comment. » C'était une comptine que maman leur répétait souvent.

Pearl continua de traîner son bâton dans la poussière. Comme Jeannie la dépassait de nouveau, elle l'agita dans les airs.

— Je suis ta bonne fée, déclara-t-elle. Je t'accorde trois souhaits, Jeannie Shaw.

Jeannie s'apprêtait à l'ignorer, quand elle se rappela la promesse qu'elle avait faite d'être plus gentille avec sa sœur. Elle inclina la tête sur le côté.

— Quels souhaits est-ce que tu penses que je devrais faire? demanda-t-elle. Est-ce qu'il faut que je les dise tout haut?

— Comment est-ce que je peux t'accorder des souhaits si je ne les connais pas, grande bête?

Jeannie leva les yeux au ciel.

— D'accord. Hum… Mon premier souhait serait d'avoir une meilleure amie… Et mon deuxième, d'avoir cent dollars. Et ensuite… je ne sais pas… de ne pas être obligée de marcher jusqu'au bureau de poste. Il fait si chaud! Allez, cesse de lambiner.

Le bruit d'un moteur les fit se ranger sur le bord de la route. C'était la voiture du docteur, une grosse voiture noire, toute neuve, l'une des rares automobiles de la vallée. Le klaxon retentit, les saluant au passage, et les fillettes répondirent en agitant la main. Celle de Jeannie se figea dans les airs. Elle virevolta, suivant des yeux la voiture qui s'éloignait en vrombissant, dans un nuage de poussière. Il y avait quelqu'un dans la voiture, en plus de la femme du docteur, qui les avait saluées de son siège à l'avant. À peine visible dans l'ombre de la fenêtre arrière, un pâle et jeune visage était apparu et avait regardé Jeannie fixement, l'espace d'un instant, avant de se détourner brusquement.

116

— Qui était-ce ? s'écria celle-ci, tout étonnée, quand la voiture disparut au tournant de la route.

— Le docteur, que t'es bête, répliqua Pearl, en se frottant les yeux à cause de la poussière.

— Non ! Il y avait quelqu'un d'autre avec lui ! Pas juste sa femme. Une fille, sur le siège arrière !

— Moi, je n'ai vu personne. Peut-être que c'est leur fille.

— Pearl, tu sais très bien que le docteur Andrews n'a pas d'enfant.

— C'est peut-être un secret. Leur maison est très grande.

— Ne dis donc pas de bêtises, s'emporta Jeannie.

Dans sa tête, elle essayait de suivre la voiture. *Ils se dirigent probablement vers Inverness. Qui cela pourrait-il être ? Et est-ce qu'elle va revenir ? Comment puis-je faire pour le savoir ?*

Mais elle n'arrivait pas à se concentrer, avec Pearl qui jacassait sans arrêt :

— ...ou peut-être qu'ils vont l'adopter, poursuivait celle-ci, ou peut-être qu'ils la tiennent prisonnière.

Jeannie poussa un soupir d'impatience.

— Pearl, tais-toi ! J'y pense, je vais demander à madame MacDonald, en arrivant au bureau de poste. Allez, grouille-toi !

117

— Dans une minute.

Pearl s'appliqua à soulever une autre galette de terre. Du bout de son bâton, elle écarta une guêpe. Puis, elle se mit à chantonner, en brandissant son bâton pour en chasser une seconde.

— Ne tape pas sur elles, prévint Jeannie, et elles te laisseront tranquille.

— Aïe! s'exclama Pearl. Celle-là ne m'a pas laissée tranquille, elle m'a piquée!

La fillette laissa échapper son bâton. D'autres guêpes arrivaient, montant du sol, bourdonnant autour d'elle.

— Vite, les guêpes! Pearl, éloigne-toi de là. C'est un nid de guêpes fouisseuses!

— Au secours! hurla l'enfant, en agitant son bâton désespérément. Et les guêpes l'entourèrent.

— Cours, Pearl!

Mais la petite était si paniquée qu'elle ne pouvait qu'essayer de s'esquiver, en se baissant et en se tordant dans tous les sens. Jeannie saisit sa sœur par la main, dévala la berge avec elle et se précipita, pêle-mêle, vers le ruisseau, tout en la protégeant du mieux qu'elle pouvait.

— Aïe, aïe!

Maintenant, c'était Jeannie qui se faisait piquer au cou et à l'épaule, sauf qu'elle n'avait pas de main libre pour se protéger parce qu'elle serrait sa sœur contre elle. Jeannie se lança en trébuchant vers le milieu du ruisseau, déposa Pearl dans l'eau peu profonde et s'y assit avec elle – trempant ses sandales, ses chaussettes et tout le reste – et se mit à taper dans l'eau du plat de ses mains, pour s'éclabousser la figure et la tête. Pearl l'imita, en pleurant et en s'étouffant. Toutes deux criaient à tue-tête, en faisant gicler l'eau dans tous les sens.

— Après une minute de cette frénésie, Jeannie osa enfin s'arrêter pour regarder autour d'elle. Pearl continuait de se débattre, quand Jeannie la saisit par les bras, et Pearl hurla plus fort.

— Elles sont parties, Pearl. Arrête !

Pearl ouvrit les yeux. Elles s'examinèrent mutuellement le dos, pour s'assurer de ne plus avoir de guêpes sur elles. Pearl avait été piquée cinq fois sur les bras, et plus encore sur les jambes. Jeannie aussi s'était fait piquer plusieurs fois.

Pearl sanglotait.

— Ça fait mal, Jeannie !

— Couche-toi dans l'eau. Ça calmera un peu la douleur.

— Et si elles reviennent ?

— Elles ne reviendront pas. De toute façon, elles nous ont piquées pour se défendre. Tu as attaqué leur maison, tu sais.

— Elles sont quand même méchantes ! insista Pearl, en tapant dans l'eau avec ses poings, mais bientôt, elle s'arrêta et recommença à pleurer encore plus fort. Mes piqûres me font trop mal, gémit-elle, en se prenant les bras à deux mains.

— Essayons de les soigner avec de la boue, suggéra Jeannie. C'est ce que maman fait toujours.

Elle enduisit de boue fraîche les piqûres de sa sœur, et ensuite en mit aussi sur les siennes.

Pearl reniflait en la regardant faire.

— Maman ne nous donnera pas la fessée pour nous être salies, parce que c'est comme un remède, pas vrai ? Jeannie, crois-tu qu'on doit mettre du miel sur les piqûres d'abeilles ?

— Quoi ?

— On met bien de la boue sur les piqûres de guêpes fouisseuses, alors pourquoi on ne mettrait pas de miel sur les piqûres d'abeilles ?

— Je ne sais pas. Tu es drôle, Pearl.

— Je ne me sens pas drôle. Je me sens mal. Ma tête me fait mal.

— Laisse-moi voir. Oh, là là !

La petite avait des piqûres plein la tête et sur le cuir chevelu, et une grosse bosse venait d'apparaître au-dessus de son œil.

— Je ferais mieux de te ramener à la maison.

Elles prirent le chemin du retour. Pearl avait une mine effroyable, les vêtements dégoulinants, et les bras et les jambes couverts de boue. Ses piqûres grossissaient rapidement et sa paupière enflait tellement qu'elle ne pouvait plus l'ouvrir.

— Pauvre Pearlie, s'apitoya Jeannie.

Ses piqûres à elle l'élançaient, mais elle garda le bras autour des épaules de sa sœur. *Pearl est petite, après tout*, se dit-elle.

L'enfant avançait à pas chancelants, de plus en plus lentement, en traînant les pieds dans la poussière.

Comment vais-je faire pour ramener Pearl à la maison ? Personne n'est passé depuis la voiture du docteur.

— Attends, proposa Jeannie.

Elle s'accroupit, et après avoir aidé sa sœur à grimper sur son dos, s'efforça de regagner la maison, en la portant, alors qu'elle était mollement couchée sur elle.

— On y est presque, répétait-elle, à chaque virage, autant pour Pearl que pour elle-même.

— Je ne veux plus jamais être une bonne fée, marmonna Pearl.

Jeannie s'arrêta sur la route pour reprendre son souffle.

— Qu'est-ce que tu racontes, Pearl ? Je n'ai pas bien compris.

— Tu as eu ton souhait… répliqua la petite avec effort. Tu n'es plus obligée… de marcher…

121

au bureau de poste. Tu n'auras pas les deux autres. Ça fait trop mal, accorder des souhaits.

— Allons, rentrons, marmonna Jeannie, et elle se remit en marche.

Chapitre 8

Maman était en train de cueillir des haricots, quand les deux filles arrivèrent. Jeannie sentit ses jambes flageoler et se pencha pour déposer Pearl, qu'elle ne pouvait porter une seconde de plus.

Maman prit le visage tuméfié de Pearl entre ses mains et l'examina soigneusement.

— Ma pauvre chérie, que t'est-il arrivé ?

Pearl se pencha et vomit par terre.

— Ce sont des guêpes qui l'ont piquée, peut-être vingt fois, expliqua Jeannie à sa mère.

Pearl recommença à pleurer.

— Viens avec moi, ma chérie.

Jeannie et maman aidèrent la petite à monter les marches et à se coucher sur le canapé de la cuisine. Jeannie essora un linge sous la pompe de l'évier et le donna à sa mère, qui l'appliqua sur le front de Pearl.

Maman examina les piqûres de Pearl en secouant la tête. L'enflure au-dessus de son œil était maintenant de la taille d'un œuf.

— Il y a en a tant, s'alarma maman. Jeannie, cours au garage de monsieur Phillips pour téléphoner au docteur.

Tout épuisée qu'elle était, Jeannie se hâta vers la porte, et brusquement, s'arrêta net.

— Mais nous venons de le voir, en allant à la poste, affirma-t-elle. Il avait l'air de se diriger vers Inverness. Sa femme était avec lui, et… une autre personne, que je n'ai jamais vue autour d'ici. Elle avait l'air…

— Chut, Jeannie. Laisse-moi réfléchir. Quand tu prendras le téléphone, c'est madame MacDonald qui répondra, du bureau de poste. Dis-lui ce qui est arrivé et demande-lui de joindre le docteur. Elle saura quoi faire. Dépêche-toi !

Jeannie s'élança en courant à toutes jambes. Le soleil tapait sur sa tête, l'aveuglant d'éclairs éblouissants. Monsieur Phillips n'était pas là quand elle parvint à son garage. Jeannie souleva le récepteur du téléphone fixé au mur et tourna la manivelle.

— À qui désirez-vous parler ? demanda la voix grêle à l'autre bout du fil.

— Madame MacDonald, ici Jeannie Shaw ! Pearl a plein de piqûres partout et maman veut que vous essayiez, s'il vous plaît, de joindre le médecin. Tout à l'heure, on a vu sa voiture qui roulait en direction d'Inverness… Oui. Je vais lui dire. Au revoir.

Jeannie ne parvint à s'en retourner chez elle que grâce à un suprême effort de volonté. Tante Libby l'aperçut, comme elle passait devant chez elle, et l'interpella du pas de sa porte, lui demandant ce qui arrivait. Tante Libby prit Ella par la main et raccompagna Jeannie jusqu'à la maison.

Maman avait lavé Pearl, nettoyé la boue dont elle était couverte, et à présent, la couvrait de linges humides, en espérant faire baisser la fièvre. Elle essuya les piqûres de la petite avec un tampon d'ouate, trempé dans du vinaigre. Elle lui fit une compresse avec des feuilles de thé usées, enveloppées dans de la gaze, et l'appliqua sur son œil enflé.

— Il n'y a plus rien à faire, pour le moment, sauf attendre l'arrivée du docteur, conclut maman.

Tante Libby se mit à écosser les haricots que maman avait cueillis, et Ella, pelotonnée à l'autre bout du canapé, ne tarda pas à s'endormir. Maman s'assit à côté de Pearl et continua de rafraîchir ses linges humides. Le silence régnait, interrompu par le bruit sec que faisait tante Libby en écossant ses haricots et par les gémissements de Pearl.

Assise à la table de la cuisine, Jeannie essaya de penser à la jeune fille qu'elle avait vue dans la voiture. *J'ai hâte de demander au docteur Andrews qui elle était. Je vais...*

Mais elle perdait le fil de sa pensée. Elle n'arrivait plus à réfléchir. Étrangement, les murs bougeaient, comme s'ils respiraient en même temps qu'elle. Jeannie étendit le bras sur la table et s'y appuya la tête.

❑

Beaucoup plus tard, la voiture du docteur retentit dans l'allée. Tante Libby se hâta à sa rencontre. Le docteur Andrews examina Pearl et prit sa température.

— Quelques-unes de plus et cela aurait pu être grave, affirma-t-il. Ne vous inquiétez pas. Elle n'a qu'une faible fièvre. Vous avez fait tout ce qu'il fallait.

La voix du docteur semblait à Jeannie venir de très loin. Elle essaya de se concentrer. *Est-ce que je n'avais pas une question à lui poser, au sujet d'une voiture? C'est bête, on n'en a même pas, de voiture.* Elle voulut se lever, et aussitôt, se sentit mal.

— Elles m'ont piquée aussi, s'efforça-t-elle de dire tout haut, mais elle n'avait dû que le penser, parce que personne ne parut l'entendre. *On étouffe ici. Peut-être que je serais mieux dehors.*

Pendant que maman écoutait le docteur et que tante Libby préparait une tasse de thé à celui-ci, Jeannie se dirigea vers la moustiquaire. *Pourquoi la porte recule comme ça ?* Quand elle parvint sur la véranda, le soleil l'éblouit si violemment que son mal de tête redoubla. Elle tendit la main, cherchant un appui, et sentit sous ses doigts les bardeaux rugueux et chauds du mur.

Elle voulut s'asseoir dans la chaise berçante de sa mère, se pencha, et s'arrêta, pliée en deux, pour attendre que son vertige passe. Elle avait la tête lourde comme une roche, à tel point qu'elle pouvait à peine la redresser. La cour entière semblait ondoyer sous l'effet de la chaleur. Elle plissa les yeux, aveuglée par la clarté.

Inclinant la tête de côté, elle ferma un œil, dans l'espoir d'avoir moins mal. Il y avait un gros objet, noir et brillant, là-bas, du côté de la grange. Elle s'efforça d'ouvrir tout grand les yeux.

Une voiture. Celle du docteur, parvint-elle à articuler. *Pourquoi est-il ici ? Je suis malade. Non, pas moi*, se corrigea-t-elle. *Pearl.*

Elle avait quelque chose de terriblement important à dire au docteur, à propos de cette voiture, une question qu'elle avait voulu lui poser... Jeannie fixait péniblement l'automobile, qui était garée là-bas sous le gros érable. Le chrome de l'énorme grille du radiateur jetait des feux d'artifice aveuglants de lumière. L'intérieur était sombre et semblait presque aussi profond que la véranda. Elle détecta subitement un mouvement. Il y avait quelqu'un sur le siège avant !

Jeannie inspira une bouffée d'air. Tout commençait à lui revenir, à présent. La jeune fille qu'elle avait vue plus tôt… était ici, devant chez elle, maintenant ! Jeannie se hissa debout, en se soutenant sur les appuie-bras de la chaise berçante.

Je vais la rencontrer malgré tout !

Elle parvint à descendre la première marche, en fixant sa pensée sur le visage qu'elle avait entrevu, tourné vers elle, à la fenêtre arrière. Une tête blonde, brillante comme de l'or au soleil, apparut dans la voiture, qui s'agitait, de gauche à droite, comme pour dire *non* à quelqu'un.

Jeannie allait descendre la marche suivante quand ses jambes se dérobèrent et la déposèrent, légère comme une aigrette de pissenlit, dans l'herbe sèche.

— Au secours ! criait une voix. Quelqu'un ! Cette jeune fille a besoin d'aide !

Le son d'un klaxon explosa dans le silence. Bip ! Bip !

Arrête ! implora Jeannie, dans sa tête, qui lancinait de douleur. Elle traîna une main le long du sol, cherchant son oreille, qu'elle cou-

128

vrit faiblement. *Qui fait tant de bruit? Je sais... c'est Cécilia... mon amie Cécilia...*

Lady, pour une fois, quitta son coin d'ombre et descendit péniblement les marches sur ses vieilles pattes raidies d'arthrite. Elle s'immobilisa au-dessus de Jeannie, se mit à geindre et à lui lécher le visage.

— Va-t'en, Lady, marmonna Jeannie. Faut que je me relève. Cécilia... est arrivée, elle veut... me rencontrer...

L'instant d'après, elle se sentit soulevée de terre et transportée dans la merveilleuse fraîcheur de la maison. Peu de temps après, on l'étendit sur le sofa du salon.

— Pauvre enfant, se désolait la voix de maman, j'aurais dû me rendre compte qu'elle n'était pas bien. Jeannie, chérie, m'entends-tu?

— Elle va se remettre d'ici quelques minutes, madame Shaw.

C'était la voix du docteur.

— Le soleil et les nerfs, plus encore que ses piqûres de guêpe, disait-il. Du thé sucré, voilà le remède qu'il lui faut à présent. Bon, je dois vous quitter. J'ai une malade à reconduire chez elle.

— Je ne sais pas comment vous remercier, docteur Andrews. Au revoir... Oui, je vous appellerai pour vous laisser savoir comment elles vont.

129

Un bruit de pas traversa pesamment le salon. La porte s'ouvrit et se referma doucement. Au bout d'un instant, Jeannie entendit une voiture démarrer. Le ronronnement d'un moteur s'éloigna dans l'allée, avant que Jeannie ne s'évanouisse tout à fait.

Chapitre 9

Tante Libby apporta à Jeannie son gobelet en fer blanc, avec une cuillère. Jeannie y trempa les lèvres, en esquissant une grimace.

— C'est trop sucré ! se plaignit-elle.

— C'est ce que le docteur a recommandé. Bois, ma chérie.

Jeannie frissonna, mais but quand même. Quand elle eut terminé, sa tête avait cessé de tourner. Elle se leva précautionneusement et retourna à la cuisine. *Pearl a arrêté de pleurer, au moins. Mais elle a la figure tout enflée et couverte de bosses !*

— Priscilla, il faut que nous rentrions, disait la voix de tante Libby, de la véranda. Quand j'aurai donné son souper à Murdoch, je reviendrai voir ce que je peux faire pour t'aider.

— Merci pour tout, Libby. Qu'est-ce que je ferais sans toi ? répondit maman, qui, en revenant dans la cuisine, aperçut Jeannie. Oh, te voilà, ma pauvre chérie. Tu as l'air beaucoup mieux. J'ai cru perdre connaissance moi-même quand je suis sortie et que je t'ai vue, étalée par terre.

— Qui était la jeune fille, maman? demanda Jeannie.

— Comment, ma chérie? Ah, la jeune fille dans la voiture? Je ne sais pas. J'étais tellement inquiète pour Pearl, et ensuite pour toi, que je n'ai pas pensé à le demander au docteur. Et il ne me l'a pas dit non plus, précisa maman, tenant un gobelet sous le menton de Pearl et l'aidant à prendre quelques gorgées. Ne bois pas trop vite, ma chérie, donne à ton petit ventre le temps de se calmer.

Jeannie ressortit flâner dans la cour. Elle alla s'asseoir à l'ombre du grand arbre, dans l'herbe aplatie par la voiture du docteur.

❏

À mesure que le soleil déclinait, la température de Pearl diminuait. La petite était assise, les jambes allongées sur le canapé, quand papa arriva avec le bloc de glace qu'il était allé demander à Dougald MacFarlane, qui tenait une glacière derrière chez lui. Maman prépara une compresse de glace concassée, qu'elle appliqua sur la tête de Pearl, puis elle remplit un gobelet de glaçons et les lui donna à sucer.

Après le souper, on permit à Ella de revenir pendant quelques minutes avec tante Libby. Pearl raconta de nouveau toute l'histoire, tandis que la famille se régalait en suçant des glaçons.

— Alors, Jeannie m'a sauvée en chassant les millions de guêpes géantes qui voulaient me piquer.

— Tu recommences à délirer, laissa tomber Jeannie, bien que, secrètement, elle prenait plaisir à l'entendre dire cela.

Le lendemain matin, pendant que celle-ci se préparait à aller à l'école, maman aida Pearl à descendre l'escalier. Papa arriva, et murmurant quelques mots à l'oreille de la petite, lui remit un minuscule paquet, avant de partir pour le travail. L'enflure au-dessus de l'œil de Pearl avait diminué. Manifestement, elle se sentait mieux et continuait de jouir de l'attention générale.

La voilà redevenue le chouchou de tout le monde, maugréa Jeannie dans sa tête.

Sa sœur jeta un coup d'œil dans le sac en papier et se mit à sourire.

— Jeannie, lança-t-elle, viens ici.

— Si tu crois qu'à partir de maintenant je vais être ta servante, mademoiselle la princesse, détrompe-toi. Il faut que je parte pour l'école.

— Non, grande bête. Tiens ! Ceux-ci sont pour toi.

Jeannie jeta un regard à sa mère. Maman se contenta de hausser les sourcils, faisant mine de ne rien savoir.

— Regarde à l'intérieur ! ordonna l'enfant, d'un petit ton autoritaire.

Jeannie ouvrit le mince sachet, avec autant de précautions que si une souris était sur le point de s'en échapper. Elle en tira trois rubans neufs – le premier, rouge rubis, le second, vert émeraude, et le troisième, d'un beau bleu couleur saphir.

— Je te demande pardon d'avoir abîmé tes rubans, commença Pearl, mais c'est Matougris qui…

— Pearl, avertit maman.

— Bon, d'accord. Tu as dit qu'ils n'étaient pas faits pour décorer papa. Tu n'as rien dit au sujet de… Bon, bon, se ravisa Pearl, voyant l'expression de maman, je ne te les reprendrai plus jamais, jamais. Et s'il te plaît, ne sois plus fâchée avec moi, ajouta-t-elle, et dans le drame de ses excuses, son visage se décomposa. Je voulais juste que Matougris soit joli, pour une fois ! cria-t-elle en sanglotant

Jeannie leva les yeux au ciel. Maman secoua la tête et disparut dans le garde-manger.

— J'ai acheté ces rubans, expliqua Jeannie, parce que c'était moi qui voulais être jolie, pour une fois. Mais merci. Ceux-ci sont vraiment chouettes.

134

— Que tu es bête ! s'exclama la petite. Tu es la plus jolie fille de toute la vallée.

— Non. C'est Verity Campbell qui est la plus jolie, et elle le sait.

— Alors, tu es la plus jolie fille *de ton âge* dans la vallée.

— Pearl, je suis *la seule* fille de mon âge dans la vallée, répliqua Jeannie en ramassant son cartable. Maman, je pars. Et je ne rentrerai pas directement. Tu te rappelles ? Il faut que je passe chercher mes chaussures après l'école, et ensuite, que j'y retourne pour la répétition de chorale.

❏

Plus tard, elle arriva au bureau de poste, alors que madame MacDonald était en train de pétrir de la pâte à pain. Jeannie dut attendre que la postière finisse de façonner deux miches et une douzaine de petits pains, et qu'elle les mette ensuite au four. Pendant ce temps, madame MacDonald n'arrêtait pas de parler. Elle demanda des nouvelles de Pearl, en énumérant tous les remèdes qu'elle connaissait pour soulager les piqûres et faire baisser la fièvre. Quand Jeannie put enfin repartir, en serrant son colis, elle se hâta afin d'être à l'heure pour la répétition. Elle était si pressée qu'elle ne prit même pas le temps d'examiner ses belles chaussures neuves.

Ce ne fut qu'en approchant de l'école qu'elle s'aperçut qu'elle avait oublié de questionner madame MacDonald au sujet de la mystérieuse jeune fille dans la voiture du docteur. Elle tapa du pied de frustration.

Soudain, un sifflement retentit derrière elle, rappelant le cri d'un aigle. Elle ne se retourna pas. Elle savait déjà que c'était Cap Parker qui arrivait sur la route. Lui aussi s'était inscrit à la chorale.

Elle fit semblant de ne pas l'entendre.

Devant elle, le Monstre-à-trois-têtes se dirigeait vers l'école. Elle était coincée. Ou bien elle accélérait pour rattraper les trois grandes ou bien c'était Cap qui allait la rattraper. Elle recommença à délibérer avec elle-même.

C'est tout de même grâce à lui que j'ai pu retrouver Pearl, non? Oui, mais il m'a traitée de snob au souper paroissial. Pourtant, il a été gentil avec ma petite sœur, l'autre jour, en rentrant de la cueillette. D'accord, mais c'est un garçon, et les garçons, c'est bête. D'abord, il n'est pas bête. Qu'est-ce que tu fais de sa rédaction sur son père? Oui, mais... c'est... un garçon!

— Attendez! lança-t-elle. Les jeunes filles se retournèrent et la regardèrent de haut en bas, comme si elles ne la connaissaient pas.

— Ah, dit Verity Campbell. C'est toi? Qu'est-ce qu'il y a?

136

Le visage de Jeannie s'embrasa.

— Je vais à la chorale, moi aussi.

— On le sait, laissa tomber Mélanie Matthews.

Au moins, elles ne lui avaient pas tourné le dos, cette fois. Jeannie n'aurait plus qu'à mourir sur place si jamais elles lui faisaient ce coup-là.

— Je peux marcher avec vous?

Les trois grandes se regardèrent.

— Je viens de recevoir mes nouvelles chaussures, de chez Eaton, précisa Jeannie, en leur tendant son colis. Elles sont noires, en cuir verni.

— *Toi*, tu as des chaussures neuves? répéta Mélanie. Qui ne sont pas brunes?

— Jeannie refusa de se laisser démonter.

— Est-ce que vous voulez les voir?

— D'accord, décréta Verity, décidant pour les deux autres. Montre-les-nous une fois que nous serons arrivées à l'école.

Jeannie se dépêcha de les rattraper. D'un coup d'œil par-dessus l'épaule, elle aperçut Cap, qui s'en venait le long de la route, en poussant un caillou devant lui à coups de pied et en faisant semblant de ne pas les voir.

Jeannie poursuivit son chemin, acquiesçant de la tête quand les trois grandes parlaient, riant quand elles riaient, montant les marches du même pas sautillant – acceptée enfin dans leur petit groupe. *Voilà comment Verity doit se sentir tous les jours*, se disait-elle.

— Alors, demanda Verity, en entrant dans la salle de classe, montre-nous ces nouvelles chaussures avant que Mousie n'arrive.

Que Verity ait osé prononcer tout haut le surnom du directeur, et au beau milieu de la classe de celui-ci par-dessus le marché, fit rire les deux autres aux éclats. Même Jeannie céda au fou rire... juste au moment où Cap faisait son entrée dans la pièce. Il lui décocha un regard de reproche, comme si elle venait de commettre un crime.

Pour qui se prend-il? se dit Jeannie, en affectant de repousser ses cheveux du même geste nonchalant que Verity, mais sans paraître très convaincante.

Tandis que les jeunes filles se pressaient autour d'elle, Jeannie dénoua la ficelle et défit l'emballage de papier brun qui enveloppait son colis. Même la boîte était plus jolie que d'habitude. Elle l'ouvrit, et découvrit, éblouie, la parfaite splendeur d'une paire de chaussures en cuir verni.

— Des boucles en argent, constata Verity. C'est assez chouette!

Les autres jeunes filles hochèrent la tête, maintenant que Verity avait donné son approbation.

Jeannie rayonnait. Dieu merci, elle n'était pas allée la veille chercher son colis. Peut-être qu'en fin de compte, Pearl lui avait accordé son souhait d'avoir une amie. Trois fois plutôt qu'une, même.

— Hum, laissa tomber Mélanie d'un air hautain. Tu n'as donc pas la permission de porter des talons, Jeannie Shaw ?

— Mais celles ci en ont ! protesta Jeannie, en retournant une de ses chaussures neuves, la mettant sous le nez de Mélanie.

— Bien sûr qu'elles ont des talons, intervint Verity, pour calmer le jeu. D'ailleurs, Jeannie a de la chance, puisqu'elle est déjà assez grande sans talons. Elle n'a que dix ans, après tout.

— J'en ai douze – presque ! C'est ma fête la semaine prochaine, tu sais.

Verity Campbell savait parfaitement quel âge elle avait. La famille Campbell était au courant des affaires de tout le monde.

Verity et Sarah se mirent à regarder autour d'elles, pour voir qui d'autre était arrivé. Mélanie feignait de s'appliquer à défroisser sa jupe. Quant à Jeannie, elle se creusa la cervelle pour trouver quelque chose à ajouter qui puisse les intéresser.

— Euh, commença-t-elle. Quel est ton deuxième prénom, Verity ?

D'un coup de tête, Verity renvoya en arrière ses cheveux, qui se répandirent comme de l'or sur ses épaules.

— Commence d'abord par me dire le tien.

— C'est Stéphanie, concéda Jeannie. N'est-ce pas un prénom affreux ? C'était celui de mon arrière-grand-mère.

— Elle aurait mieux fait de le garder, ironisa Mélanie.

— Chut, répliqua Verity, rabrouant celle-ci. Stéphanie, ce n'est pas mal, comme prénom, décréta-t-elle.

Mélanie recommença à défroisser énergiquement sa robe, tout en affectant un air de profond ennui. Verity l'ignora et poursuivit :

— Eh bien, le mien, c'est Amélia, en l'honneur d'Amélia Earhart. Quelle vie romantique elle a eue, ajouta Verity, d'abord comme aviatrice, et ensuite, elle a disparu comme ça, pour toujours…

— Menteuse ! s'exclama Mélanie, piquée au vif. Ton deuxième prénom est Martha et tout le monde le sait !

— Eh bien, je n'ai qu'à le changer.

— Tu ne peux pas, ça ne se fait pas ! riposta Mélanie, d'un air de défi.

Mélanie et Verity se tournèrent le dos l'une à l'autre.

— Tu peux te donner le nom que tu veux, en réalité, se hâta de hasarder Jeannie, qui craignait qu'elles ne se fâchent vraiment et ne la laissent plantée là. Amélia est un nom ravissant.

Verity lui adressa un sourire, qui fit à Jeannie une impression merveilleuse.

Mélanie inspectait un bouton nacré sur une des manchettes de sa belle blouse blanche, toute neuve. Elle se croisa les chevilles, ce dont Jeannie profita pour jeter un coup d'œil aux chaussures de la jeune fille. *Ses talons ne sont pas plus hauts que les miens*, constata Jeannie.

— Et toi, ton deuxième prénom, quel est-il ? demanda-t-elle à Mélanie.

— Ce jeu est idiot. Je ne veux pas jouer.

— Si tu ne veux pas me le dire, tu n'es pas obligée.

— Ce n'est pas que je ne veux pas. C'est que c'est un jeu stupide.

— C'est Mary, interrompit Verity, répondant à la place de Mélanie. C'est son deuxième prénom.

— Verity Martha Campbell, riposta celle-ci. Je crois que je peux dire mon propre nom, ou ne pas le dire, sans aide de ta part !

Les deux jeunes filles se foudroyèrent du regard.

Pour des amies, songea Jeannie, *elles sont drôlement méchantes l'une envers l'autre.*

Elle se tourna vers Sarah Phillips, en déses-poir de cause. Sarah la considéra avant de parler.

— Le mien est Dorothy, finit-elle par avouer. Ce que c'est banal! Mais si je pouvais le changer, je choisirais Jessica. Et toi, Jeannie Stephanie Shaw, quel prénom choisirais-tu, si tu avais le choix?

— Je n'y avais jamais pensé... Je me demande lequel me plairait.

La tension diminua. Verity suggéra le nom Francesca. Sarah offrit Bernadette. Jeannie recommença à se sentir à l'aise parmi elles.

— Je pense que, peut-être... Cécilia serait un joli nom. Ou peut-être qu'un nom plus court serait mieux, plus élégant, comme Mary.

Mélanie tourna la tête et regarda Jeannie.

— Je ne sais pas, répliqua-t-elle. Cécilia n'est pas mal. Pour faire changement. On finit par se fatiguer d'avoir un prénom élégant, comme Mary.

— Je parie que je sais le deuxième prénom de tout le monde à l'école, affirma Verity. Celui de Dougald MacFarlane, c'est Angus. Et sa sœur Beth, qui vient de commencer cette année, s'appelle Elizabeth Joan.

Verity débita les nom et prénoms de tous les élèves qu'elle voyait dans la salle.

— Je sais même *le sien*, chuchota Verity, au moment où mademoiselle MacQueen passait près d'elles, d'un air affairé, en menant les plus talentueux élèves de la classe des petits en troupeau vers le vieux piano. C'est Pénélope… Priscilla… MacQueen, annonça Verity à voix basse, tandis que les autres pouffaient de rire, en se couvrant la bouche de leurs mains.

Jeannie, cependant, garda le silence : Priscilla était le nom de sa propre mère.

— Pépé MacQueen ! s'esclaffa Verity.

Alors, même Jeannie se joignit à l'explosion étouffée de fous rires.

Mais monsieur Moss entra d'un pas pressé.

— Douglas Dexter Angus Moss, s'empressa de chuchoter Verity. Dexter était le nom de jeune fille de sa mère, ajouta-t-elle, d'un air savant, et même si Jeannie ne comprenait pas ce que ce nom avait de si drôle, elle se mit à rire avec les autres, en se cachant derrière sa feuille de musique, sans pouvoir s'arrêter, comme quand on riait à l'église.

Les autres les regardaient du coin de l'œil. Quelques-uns leur souriaient, comme s'ils avaient souhaité faire partie de leur groupe. D'autres fronçaient les sourcils, craignant que ce ne soit d'eux qu'on rît si fort. Pour une fois, Jeannie savourait le sentiment de faire partie de la bande.

Cap Parker les ignorait complètement.

— Et celui de Cap, murmura Jeannie, quel est-il ? Tu as oublié de le nommer, Verity.

Verity ferma les yeux, comme si elle s'efforçait de réfléchir.

— Je ne sais pas, finit-elle par avouer. Demandons-le-lui. Cap !

— Non ! paniqua Jeannie.

Cap se retourna.

— C'est quoi, ton deuxième prénom, Cap ? lui lança Verity.

Il regarda cette dernière impassiblement, en secouant la tête.

— Je n'en ai pas, répliqua-t-il.

Il reprit aussitôt sa conversation avec les autres garçons, mais Jeannie vit que sa nuque devenait rouge.

Verity haussa les épaules.

— Il s'appelle seulement Chris, alors. Christopher Parker.

— Bien sûr que non. Il doit avoir un deuxième prénom. Tout le monde en a un, insista Jeannie, en se levant.

Cap la regarda et se détourna aussitôt.

— Où vas-tu ? demanda Sarah. La répétition est sur le point de commencer.

— Je gage que je peux découvrir le mystérieux prénom de monsieur Cap Parker.

Verity la considéra d'un peu plus près, comme si son intérêt était vaguement piqué.

— Comment ?

— En regardant dans le cahier d'appel.

— Tu n'oserais pas ! s'exclama Verity.

— Je te mets au défi! renchérit Mélanie.

Jeannie arqua les sourcils, relevant le pari du regard. Ressortant discrètement de la classe, elle enfila nonchalamment le corridor, comme si elle se dirigeait vers les cabinets des filles, à l'arrière de l'édifice. Elle se glissa dans la salle des grands par la porte secondaire, la soulevant pour éviter qu'elle ne grince sur ses gonds, et se précipita à l'avant de la classe, où se trouvait le bureau de Mousie, avec, dedans, le cahier d'appel.

Le cœur de Jeannie battait à tout rompre. Elle n'avait jamais agi de telle sorte de sa vie. *Est-ce que j'oserai?* Mais maintenant qu'elle avait dit qu'elle le ferait, elle ne pouvait plus revenir en arrière.

Elle retira le gros dictionnaire de la tablette de la bibliothèque, derrière le bureau de Mousie. Si quelqu'un entrait, elle ferait semblant de chercher un mot pour la leçon de vocabulaire. Elle s'assit au bord de la chaise du directeur et ouvrit le premier tiroir du bureau. *Le voilà! Je vais me dépêcher...*

Elle ouvrit le tiroir encore davantage. Sur le cahier d'appel, il y avait un objet enroulé dans un mouchoir. Jeannie saisit un coin du mouchoir, le tirant, pour le déplacer. Le mouchoir se déroula, révélant un dentier en ivoire jauni et souriant. Si jamais Mousie arrivait et la prenait sur le fait, elle ne savait pas ce qu'elle ferait. Elle se mit à chantonner tout bas:

— Fermons ce tiroir et déguerpissons au plus vite, tout en soulevant la couverture du grand cahier blanc. La première page contenait la liste mère de tous les noms des élèves de l'école, recopiée à l'écriture soignée de Mousie.

— Andrews, Campbell, Donaldson, lut-elle, en descendant la page. Kirkpatrick, MacFarlane, MacFarlane, McLean, MacDonald, MacDonald, MacDonald, Matthews, O'Sullivan, Parker… le voilà !

Elle se mit à déchiffrer les pattes de mouche du directeur, s'attendant à trouver le nom «Christopher», mais ce ne fut pas ce qu'elle découvrit. Mais alors pas du tout.

Elle s'efforça d'absorber cette révélation, le regard distrait par un autre nom qui apparaissait directement au-dessous de celui de Cap, un nom barré à double trait. Elle s'attarda sur celui-ci, faisant de son mieux pour le décoder. Elle était presque certaine que le nom qu'elle avait sous les yeux était Phalen, mais les gros traits à l'encre l'empêchaient presque complètement de lire le prénom. Elle ne distinguait que deux lettres : e…et s… S'agissait-il d'Estelle ? D'Esther ?

Quel nom cela peut-il être ? Je croyais pourtant que je connaissais ceux de tous les petits qui commençaient l'école cette année. Est-ce que j'en aurais manqué un ? Elle fronça les sourcils. *Peut-être que c'est la cousine de Cap, celle qui va commencer l'année prochaine. Quel nom a-t-il mentionné à Pearl, l'autre jour, en conduisant le chariot?*

Quelqu'un vient! Jeannie referma précipitamment le cahier. Les pas qui se rapprochaient dans le corridor s'arrêtèrent. Elle se mit à refermer précautionneusement le tiroir, et tressaillit lorsqu'il grinça. Enfin, elle le referma et il fit un déclic, juste au moment où la porte s'ouvrait brusquement. Cap apparut dans l'embrasure.

— Qu'est-ce que tu viens faire ici? lui lança-t-il, d'un ton inquisiteur, en fixant le bureau, comme s'il savait déjà la réponse.

Jeannie se hérissa. *Pour qui se prend-il — le directeur? Attends que je répète ton nom à tout le monde!*

— Je découvre des noms nouveaux, insinua-t-elle, d'un ton délibérément lent, le cœur battant à coups redoublés.

L'espace d'une seconde, en voyant l'expression qu'il faisait, Jeannie eut honte. *Même si c'est Cap Parker et qu'il a le nom le plus farfelu que j'aie jamais vu, qu'est-ce qui me prend d'agir de la sorte?*

— Qu'est-ce qui te prend, Jeannie Shaw? demanda Cap, la faisant sursauter. Mêle-toi donc de tes affaires!

Et il s'éloigna à grands pas, laissant la porte se refermer d'elle-même, grinçant sur ses gonds.

Jeannie replaça le dictionnaire sur la tablette et se sauva à toutes jambes. Quand elle regagna sa place au deuxième rang, parmi ses camarades, la répétition avait commencé. Elle s'était pourtant absentée moins de deux minutes. Du coin de l'œil, elle aperçut Cap, au dernier rang, qui regardait fixement devant lui, sans chanter avec les autres. *Va-t-il me dénoncer? Dans ce cas, moi aussi j'aurai quelque chose à raconter sur lui.*

Crispus… Aldershot… Parker. Non, mais, quel nom! Dire qu'elle allait annoncer son secret aux pires commères de l'école.

Jeannie suivait distraitement sa partition. Comme la chanson finissait, Verity lui tira sur la manche. Jeannie lui fit signe et sourit aux trois grandes, mais elle n'osa pas leur parler, car Mousie se tenait directement devant elles.

— Silence, tout le monde, s'il vous plaît! ordonna monsieur Moss.

Il donna le ton sur son diapason et fit le signal d'attaquer la chanson suivante. *Bien sûr! Voilà ce dont Mousie parlait, le premier matin, quand je l'ai entendu promettre à Cap de « ne pas en parler pour le moment ». Pourquoi Mousie accepterait-il de garder un secret? Et pourquoi un garçon comme Cap*

148

se ferait-il tant de mauvais sang au sujet d'un nom, aussi farfelu soit-il? Et le voilà qui rougit de nouveau!

Jeannie se rendit compte qu'elle avait à présent en sa possession le nom mystérieux et ridicule de Cap…

Comme la répétition se terminait, Verity se rapprocha de Jeannie, et sans prévenir, lui pinça le bras.

— Aïe!

— Raconte, chuchota Verity, puisque nous mourons d'envie de savoir! Son deuxième prénom, alors, quel est-il?

Mélanie et Sarah entourèrent Jeannie, en la poussant vers le coin de la pièce. Elles avaient toutes déjà le fou rire. Comme elles riraient, quand elles sauraient que le deuxième prénom de Cap était Aldershot et son vrai prénom, non pas Christopher, mais… Crispus!

Par-dessus les têtes de ses compagnes, Jeannie aperçut ce dernier qui la regardait directement, d'un air calme. Pourtant, elle savait qu'il ne l'était pas.

— Pour l'amour du ciel, s'exclama Mélanie, vas-tu cesser de nous faire languir! Est-ce que tu l'as trouvé, oui ou non?

Verity la pinça de nouveau.

— Aïe! Arrête! protesta Jeannie. Oui, Cap a un deuxième prénom.

Elle jeta un nouveau coup d'œil du côté de celui-ci : il la regardait toujours. Elle s'imagina, au milieu du petit groupe, telle qu'il la voyait, à travers ses yeux noirs et calmes.

— Angus, finit-elle par inventer. Il s'appelle Christopher Angus Parker. *C, A, P* – Cap.

— C'est tout ? laissa tomber Verity, d'un air dégoûté. La moitié des garçons du comté d'Inverness partagent ce nom-là !

— Tu t'es dégonflée, hein, Jeannie Shaw ? insinua Mélanie d'un ton railleur.

— Pas du tout ! J'ai vu son nom. Ce n'est pas ma faute s'il n'est pas original. En plus, ajouta-t-elle pour faire bonne mesure, il a fallu que je déplace les fausses dents de Mousie, rien que pour pouvoir sortir le cahier d'appel du tiroir.

— Pouah ! s'écria Sarah. Jamais je ne vais toucher à ce tiroir !

— Comment as-tu pu ? renchérit Mélanie. Surtout maintenant, ne nous touche pas !

— Verity se mit à rire, en repoussant Jeannie sans douceur.

Elles ne veulent pas de moi comme amie, s'avoua enfin celle-ci. Elle le voyait bien à leurs rires méchants. *Elles ne sont même pas gentilles entre elles. Qu'est-ce qui a pu me faire croire que je voulais être amie avec ces trois chipies ?* se demanda-t-elle.

Cap l'observait toujours. *Il croit que je viens de leur répéter ce nom stupide. Eh bien, je m'en moque. Qu'est-ce que ça peut me faire, ce qu'il pense?*

Mais ce qui la mortifiait plus que tout, c'était de penser qu'il puisse la confondre avec des teignes comme elles.

— Assez! trancha Jeannie, en s'arrachant à la poigne impérieuse de Verity.

Elle tourna le dos aux trois grandes et commença à rassembler les morceaux de son colis.

— Oh là là! railla Mélanie méchamment, tandis que Jeannie quittait la salle.

Chapitre 10

À mi-chemin de la maison, Jeannie entendit un bruit de pas précipités qui gagnait sur elle.

— Attends! lança Cap, derrière elle.

— Ah! chouette, maugréa-t-elle, poussant un soupir et en s'arrêtant, sans regarder en arrière. Quoi? fit-elle, quand il la rattrapa.

— Est-ce que tu leur as répété ce que tu avais découvert? demanda-t-il, d'un ton qui exigeait une réponse. J'ai vraiment besoin de le savoir.

— Non, je ne leur ai rien dit.

— Alors, est-ce que tu vas le faire?

— Non. À la dernière minute, je n'ai pas pu te livrer à elles, avoua-t-elle. Mais ça va sûrement finir par sortir. Pourquoi faire tout un plat rien qu'à cause d'un nom?

— C'est Essie qui insiste, pas moi! Écoute, tu ne peux parler d'elle à personne.

— Essie? Qui? Tu veux dire, le nouveau nom dans le cahier d'appel? Qui est-ce?

— Mon autre cousine, marmonna-t-il. Essie Phalen.

— Tu as une autre cousine, ici même? Quel âge a-t-elle?

— Douze ans, comme moi. Mais je ne peux pas parler d'elle!

— Douze ans! Alors, c'était bien elle! Elle était dans la voiture du docteur Andrews hier, n'est-ce pas? Mais c'est merveilleux! Pourquoi n'est-elle pas à l'école? Quand est-ce que je peux faire sa connaissance?

— Tu ne le peux pas.

— Bien sûr que si! Nous aurions dû nous rencontrer hier, mais le docteur est reparti trop vite. Elle *veut* me rencontrer, insista-t-elle. Nous allons nous lier d'amitié, elle et moi.

Des voix se rapprochaient, au détour du chemin. Cap tira Jeannie par le bras et l'entraîna à toute allure.

— Viens, fit-il, je ne veux pas que toute l'école nous entende. Surtout pas les Trois-Grâces.

— C'est comme ça que tu les appelles? Moi, je les appelle le Monstre-à-trois-têtes de la Margaree.

— En courant à sa suite, Jeannie s'aperçut qu'elle bredouillait. Elle était si transportée de joie qu'elle avait envie de se mettre à danser!

154

— Ils dépassèrent le garage de monsieur Phillips, d'où Sarah Phillips risquait de les voir en rentrant chez elle, et se précipitèrent dans l'allée qui menait à la maison de Jeannie, bien à l'abri des regards.

— Non, insista Cap. Essie ne veut rencontrer personne ! Elle me tuera, maintenant que tu sais qu'elle est là.

Jeannie se mit à rire.

— À t'entendre, on croirait que c'est quelqu'un d'horrible.

— Mais c'est ce qu'elle est, justement, grommela Cap. Depuis qu'elle est tombée malade, elle en veut au monde entier.

— Malade ?

L'estomac de Jeannie se contracta. Elle ne voulait pas l'entendre dire qu'il y avait un problème, et elle ne voulait pas deviner ce que ce problème pouvait être. Elle leva les mains devant elle, comme pour se protéger.

— De la polio, répliqua Cap, presque à voix basse. Elle a eu la polio.

Une vague d'effroi la traversa. La polio terrifiait le monde depuis des années. Chaque été, à Halifax, des dizaines de cas se déclaraient, et des centaines d'autres à travers le pays.

— Rassure-toi, dit-il. C'est arrivé l'année dernière. Elle n'est plus contagieuse. Et le docteur Andrews nous a tous examinés. Pas un de nous ne l'a attrapée, je te le promets.

Le soulagement coupable que Jeannie ressentait avait presque dissipé sa peur, mais elle en avait encore froid dans le dos.

— Est-ce que son cas était grave ?

— Assez, oui. Elle a passé des mois à l'Hôpital de Yarmouth, dans un poumon d'acier, ajouta-t-il, en frémissant malgré lui. Elle va beaucoup mieux maintenant. Elle n'a plus que la jambe de paralysée. Grand-mère dit qu'Essie pourrait se remettre à marcher, si seulement elle voulait s'en donner la peine. Grand-mère dit même qu'on pourrait trouver quelqu'un pour la conduire à l'école l'année prochaine. Mais il va d'abord falloir qu'elle se ressaisisse.

Ils parvinrent à la clôture que Jeannie devait escalader pour rentrer chez elle à travers champs. Elle posa ses livres sur le poteau et vit que, parmi ceux de Cap, se trouvaient deux exemplaires identiques de grammaire anglaise :

— Voilà donc pourquoi je te vois repartir de l'école avec des livres en double exemplaire…

— Grand bien me fasse, soupira Cap. C'est à peine si elle les regarde. Elle ne bouge pas de sa chaise, refuse d'essayer de marcher ; et refuse même de sortir prendre l'air ! Elle déteste être ici.

Jeannie se hissa sur la clôture et s'y assit un moment.

— Alors, pourquoi est-elle venue ?

Son camarade haussa les épaules.

— Leur père est revenu de France avec une faiblesse aux poumons, dont il n'a jamais guéri. Il est mort après qu'Essie soit tombée malade, si bien qu'elle n'a même pas pu assister à ses funérailles. Ensuite, sa mère a dû prendre un emploi à Halifax, pour pouvoir payer les factures des médecins.

Du bout des doigts, Jeannie se mit à explorer le trou laissé par un nœud dans le bois du poteau.

Cap s'accroupit, et tout en parlant, se mit à arracher des touffes d'herbe.

— Je sais bien qu'elle a dû endurer des choses terribles. Mais elle n'est pas la seule! Qu'est-ce qu'elle fait de tous ceux qui sont sortis des camps de concentration, en Allemagne, de tous ces gens dont tout le monde parle, et qui ont perdu leur famille entière? Quoi qu'il en soit, le printemps dernier, grand-mère nous a écrit pour nous demander de venir habiter avec elle. Son offre simplifiait beaucoup la vie de maman, mais elle a dû refuser, en expliquant qu'elle devait s'occuper des enfants de sa sœur. Alors, grand-mère lui a dit de les emmener aussi. Du coup, maman a été tellement touchée qu'elle en a pleuré.

Cap sourit pour la première fois.

— Grand-mère était infirmière, tu sais, avant d'attraper la polio elle-même, un été.

Ce qui, d'ailleurs, ne l'a pas empêchée de se marier et d'avoir des enfants, non ? Grand-mère a prévenu Essie qu'après tout ce temps, elle devrait être capable de marcher avec des cannes. Essie lui a crié de s'en aller. Te rends-tu compte ? Elle voulait la chasser de sa propre maison ! Grand-mère dit qu'Essie va devoir se secouer, comme tout le monde. Essie l'a traitée de «vieille infirme sans cœur» et elle nous a défendu de parler d'elle à qui que ce soit.

Des corbeaux croassaient dans les arbres et le vent brûlant soupirait dans l'herbe haute. Tout le temps qu'il parla, Jeannie garda les yeux fixés sur le trou qu'elle triturait avec ses doigts dans le bois rugueux.

Ce n'est pas juste, se disait-elle. *Ce n'est pas ainsi que cela devait arriver. Nous étions censées devenir amies, Essie Phalen et moi.*

Elle sauta de la clôture, dans le champ de ses parents, oubliant quasiment que Cap était là.

— ... voilà pourquoi, résuma-t-il, tu ne peux pas la rencontrer et tu ne peux parler d'elle à personne, d'accord ? Elle se conduit comme une idiote, mais maman dit qu'il faut se plier à ce qu'elle veut, pour le moment.

— Je n'en parlerai pas à l'école, répondit Jeannie. Je te promets.

Cap poussa un profond soupir de soulagement.

— Tu es une chic fille. Bon, il faut que je rentre. À demain, Jeannie.

Il reprit ses livres sous son bras et se remit en route. Au premier virage, quand il se retourna et qu'il vit que Jeannie était encore là, il la salua de la main et lança : « Merci ! »

Chapitre 11

— **M**erci ! déclara Jeannie à ses parents au souper. Je savais que vous comprendriez.

— Pauvre famille. Nous n'avions aucune idée de leur situation. Il doit bien y avoir quelque chose que nous pouvons faire pour les aider.

— Bien, tu sais, suggéra Jeannie, en s'animant aussitôt, Moira a le même âge que Pearl et Ella, alors je me disais que, peut-être…

Une heure plus tard, papa les conduisait le long de l'étroit chemin qui menait à la maison de madame Parker. Jeannie tenait sur ses genoux une tarte aux bleuets encore toute chaude, que maman venait à peine de sortir du four. Sur le siège, entre elle et papa, les deux petites serraient leurs poupées, dont une vieille, qui avait appartenu à Jeannie, et que Pearl tenait de son bras libre. Ses piqûres de guêpe avaient désenflé, au point qu'elles ressemblaient à des piqûres de maringouin. Dès que Jeannie avait mentionné Moira, Pearl avait supplié maman de la laisser aller voir la petite nouvelle, avec Ella, en insistant sur le fait qu'elle se sentait tout à fait rétablie.

Jeannie avait des papillons dans l'estomac. *Cap n'est qu'un gros bêta; il ne connaît rien à ces choses-là. Essie s'est énervée, voilà pourquoi elle a dit qu'elle ne voulait rencontrer personne. Elle sera vraiment contente d'avoir une amie. Je la traiterai exactement comme si elle était normale. Nous ferons connaissance et elle se désolera que je sois obligée de la quitter si tôt. Mais je lui promettrai de revenir et de demander à papa de me reconduire chez elle samedi prochain. Et alors, nous passerons toute la journée à nous parler, et nous pourrons commencer à faire ses devoirs pour les cours qu'elle a manqués. Mousie n'en reviendra pas. Ni Cap non plus!*

Pourtant, l'estomac de Jeannie se nouait davantage à mesure qu'elle se rapprochait du but.

— Euh… papa? suggéra-t-elle, par-dessus les têtes des deux fillettes. Peut-être qu'il vaudrait mieux présenter seulement les petites à Moira, aujourd'hui et… ne rien dire au sujet de *tu-sais-qui* pour l'instant, précisa-t-elle, voyant papa se gratter la tête. Cap m'assure qu'Essie est très timide… et qu'elle n'aime pas rencontrer les gens.

162

Là, au moins, elle disait vrai. Elle ne pouvait en aucun cas avouer à son père ce que Cap lui avait confié. Et elle n'avait pas trahi sa parole, puisqu'elle avait promis à Cap de n'en parler à personne *à l'école*. D'ailleurs, elle n'avait pas menti à ses parents. Elle avait simplement négligé de mentionner un ou deux détails. *Les garçons ne savent pas tout,* se rappela-t-elle.

Le camion remonta avec difficulté l'allée en pente raide qui menait chez la grand-mère de Cap, et vint bruyamment s'arrêter devant la spacieuse demeure. Papa descendit aussitôt, mais Jeannie, tout à coup, ne semblait plus pouvoir bouger un muscle.

— Mais sors, grosse bête ! se plaignit Pearl. Il faut que nous allions rencontrer notre nouvelle amie.

Jeannie se laissa glisser en bas du siège, tout en tenant soigneusement la tarte entre ses mains. Là-haut, sur la véranda, la moustiquaire s'ouvrit d'un grand coup de canne. La vieille madame Parker sortit de la maison. Elle portait une robe noire qui lui arrivait aux chevilles, mais du bas des marches, où Jeannie se trouvait, celle-ci voyait les supports métalliques encadrant ses lourdes bottes. Jeannie s'aperçut qu'elle ne s'était jamais interrogée sur ce que c'était, les fois où elle avait vu la vieille dame à l'église.

Une femme, environ de l'âge de maman, sortit à son tour sur la véranda. Papa ôta son chapeau et grimpa les marches.

— Bonjour, madame Parker, et... madame Parker.

Il leur serra la main à toutes d'eux, mais Jeannie n'entendit pas le reste de leur échange. Papa indiqua du geste Pearl, qui leur souriait, et Ella, qui les regardait, à moitié cachée derrière sa cousine.

Jeannie, carrément mal à l'aise, monta les marches derrière sa sœur.

— Ma femme, poursuivait papa, m'a demandé de vous souhaiter la bienvenue de notre part et de vous offrir ce dessert. Maintenant, voici Jeannie. Elle a cru qu'il serait gentil de... s'interrompit-il, comme Jeannie lui décochait un regard de reproche. Euh... qu'il serait gentil de venir saluer votre jeune homme, celui qui est dans sa classe à l'école.

Jeannie rougit jusqu'à la racine des cheveux. *Pourquoi fallait-il que papa leur dise ça?*

— C'est *très* gentil de ta part, Jeannie, répondit la maman de Cap, mais malheureusement, il n'est pas là. Il est parti explorer les environs, comme d'habitude. Il adore être ici, c'est sûr, exactement comme son père avant lui.

— Évidemment, Alf et moi avons grandi ensemble, reprit papa. Et nous avons fait notre

164

service militaire ensemble aussi. Je tenais à vous faire mes condoléances et à vous dire combien sa perte nous désole.

— Assoyons-nous donc, proposa la vieille madame Parker. Mais ici, sur la véranda, John, si vous le voulez bien. La maison est un peu sens dessus dessous, en ce moment, ajouta-t-elle, en se tournant vers sa belle-fille. Chère, irais-tu découper cette belle tarte aux bleuets et nous apporter des verres d'eau, s'il te plaît ?

— Je peux l'apporter à l'intérieur pour vous, offrit Jeannie aussitôt.

— Non ! s'écria la mère de Cap. Je veux dire, ce n'est pas la peine, se reprit-elle. Je vous reviens dans un instant. J'en profiterai pour vous amener Moira, en même temps.

Jeannie fut forcée de remettre l'assiette à la maman de Cap, et bientôt, entendit une voix qui appelait de l'intérieur :

— Ma tante ?

Le cœur de Jeannie s'emballa, tellement elle était sûre que ce n'était pas la voix d'une enfant de quatre ans.

La jeune Moira sortit en bondissant, précédant sa mère, et s'arrêta à deux pas de Pearl et d'Ella. Jeannie constata que toutes trois étaient de la même taille.

— Bonjour, hasarda la fillette. Comment vous appelez-vous ?

— Moi, c'est Pearl, et elle, c'est Ella, et toi, c'est Moira. Et voici ma poupée, Sookie, et celle-là, c'est Sally, elle est à Ella, et celle-ci est pour toi. Tu peux l'appeler comme tu voudras. Elle était à ma sœur, mais on te la donne parce que tu n'as plus de papa, parce que ton pauvre papa est mort à la guerre.

Jeannie se mordait la lèvre, fort, mais Moira accepta de bonne grâce la poupée, ainsi que le discours de sa sœur.

— Elle est jolie, remercia la fillette. Vous voulez jouer ? Grand-mère me laisse aller dans la grange, pour ne pas faire de bruit dans la maison, précisa-t-elle, en commençant à descendre les marches.

— Prenez garde de ne pas vous éloigner, les filles, leur lança papa. Nous ne pouvons pas rester longtemps.

La vieille madame Parker, installée dans sa chaise, avait croisé ses mains veinées sur son giron, tandis que la maman de Cap s'affairait à distribuer de la tarte et de l'eau à boire.

Ça ne va pas marcher, conclut Jeannie, comme les grandes personnes se mettaient à discuter de la guerre, de la vallée et du temps qu'il faisait. *Je ne peux pas repartir sans l'avoir rencontrée. Je parie qu'elle est là, juste de l'autre côté de ce mur !*

Trop tôt, papa déposa son assiette vide et ramassa son chapeau, qu'il avait posé sur ses genoux. *Il est trop tôt!* Ce ne fut donc pas tout à fait un hasard quand Jeannie, accidentellement, laissa échapper sa dernière bouchée de tarte sur sa robe et se leva d'un bond.

— Oh, non! s'exclama-t-elle. Je me suis fait une tache de confiture aux bleuets! Je peux la faire partir, mais seulement si je la rince tout de suite! Excusez-moi.

Et, se précipitant dans la maison avant que l'on puisse l'en empêcher, elle se hâta vers la pompe de l'évier.

Elle entendait la mère de Cap qui l'appelait, et madame Parker qui disait:

— Laisse-la faire, ma chérie.

Jeannie se mit à actionner furieusement la pompe, afin de ne plus les entendre. Elle saisit l'ourlet de sa robe et le passa sous l'eau fraîche. Elle aurait une tache, elle en était sûre. *Espérons seulement que le jeu en vaudrait la chandelle.*

— Là. Il faudra bien que cela suffise, se marmonna-t-elle à elle-même.

Elle se tint un instant immobile, en écoutant attentivement.

— Ma tante? répéta doucement une voix provenant d'une pièce latérale. Est-ce qu'ils sont partis?

Jeannie prit une grande inspiration et traversa le plancher en linoléum, sur la pointe des pieds, en faisant le moins de bruit possible. Son cœur cognait dans sa poitrine. *C'est la bonne chose à faire.*

La porte de la chambre était entrouverte. Quand Jeannie la poussa, elle s'ouvrit sans bruit, révélant le pied d'un lit, et un panier à couture posé sur le couvre-lit en chenille. Une jeune fille était assise à la fenêtre, en fauteuil roulant, penchée à l'angle du lourd rideau, d'où elle tentait de voir dehors. Elle avait les cheveux blonds, plus longs et plus pâles que ceux de Verity, et retenus par un ruban vert émeraude, identique à celui que Pearl avait donné en cadeau à Jeannie. L'inconnue dégagea ses cheveux de son visage. Elle était aussi jolie qu'une jeune star de cinéma. Une couverture était étalée à ses pieds. Elle était vêtue d'une courte chemise de nuit de coton, de laquelle dépassaient ses jambes, l'une normale, et l'autre, tellement atrophiée qu'elle faisait peine à voir.

— Oh! laissa échapper Jeannie, autant d'émerveillement devant sa beauté que d'apitoiement à la vue de sa jambe déformée.

La jeune fille tourna brusquement la tête vers elle; d'abord muette de surprise, elle se hâta ensuite de froncer les sourcils.

— Qui t'a permis d'entrer ici? s'écriat-elle. Ma tante!

Jeannie fut tentée de déguerpir.

— Je m'appelle Jeannie Shaw, répliqua-t-elle, bredouillant à toute allure. Je suis contente de te connaître! Je suis dans la même classe que Cap, à l'école.

— Ma tante! cria la jeune fille encore plus fort, sauf que personne, une fois de plus, n'accourut.

Elle tendit la main vers sa couverture.

— Laisse-moi t'aider, offrit Jeannie, en entrant de plain-pied dans la pièce.

— Non! lui ordonna la jeune fille, en faisant pivoter son fauteuil pour mieux cacher ses jambes.

Elle tentait en vain d'atteindre la couverture, quand Jeannie se précipita et la lui remit entre les mains, sans toutefois faire le tour du fauteuil.

— Qu'est-ce que tu fais ici? insista la jeune fille d'un ton dur.

— Je vais à l'école avec Cap, répéta Jeannie maladroitement.

— Et alors?

— Alors… j'espérais que nous pourrions faire connaissance.

— C'est Cap qui t'a dit de venir ici? L'espèce de petite teigne!

— Non! Cap ne ferait jamais une chose pareille! Ma sœur, Pearl, et ma cousine, Ella, ont quatre ans, toutes les deux. Nous les avons amenées ici pour qu'elles puissent rencontrer Moira. Je t'ai entendue quand je suis entrée, expliqua-t-elle, en soulevant l'ourlet de sa robe. Je venais de me faire cette robe la semaine dernière et je l'ai tachée en mangeant de la tarte. Je suis entrée pour la rincer. Parce que, les bleuets, ça tache terriblement…

La jeune fille parcourut la robe du regard.

— Je n'aime pas particulièrement fabriquer des vêtements, se défendit Jeannie, mais cela me permet d'économiser. Et toi, ajouta-t-elle, en indiquant le panier sur le pied du lit, est-ce que tu couds ?

Mais la jeune fille ignora sa question.

— Je crois que je l'ai faite trop courte, poursuivit Jeannie. Elle laisse trop voir mes jambes maigres. Oh ! se reprit-elle, en plaquant la main sur sa bouche.

La jeune fille fronça les sourcils, en lui adressant un regard haineux, puis elle virevolta, détournant de nouveau son fauteuil.

— Sors d'ici ! ordonna-t-elle.

— S'il te plaît, implora Jeannie. Je suis désolée. Je dis des sottises, mais je ne le fais pas exprès. Je veux seulement être ton amie. Il n'y a presque pas d'autres filles à l'école. Et celles qu'il y a sont de vraies chipies.

La jeune fille se retourna, pivotant sur une roue afin de regarder Jeannie plus directement.

— Comment t'appelles-tu ? lui demanda celle-ci, en feignant de ne pas savoir la réponse.

— Essie,,

— Je suis si heureuse de te connaître, Essie… répliqua Jeannie, tellement désemparée qu'elle se mit à parcourir la pièce du regard, en quête d'un sujet de conversation. J'adore lire, affirma-t-elle, à court d'idées, en apercevant la pile de livres à côté du lit. Et toi, est-ce que tu aimes lire?

— Qu'est-ce que tu crois? Ce n'est pas comme si j'avais autre chose à faire.

Jeannie n'osait plus parler, de peur de dire une bêtise, mais n'osait pas davantage se taire, tant elle craignait de perdre cette chance. *Et si c'était moi, dans ce fauteuil? se demandait-elle. Et si mon père était mort et que j'étais obligée de déménager quelque part, loin de maman? Si seulement j'avais le temps de réfléchir! Pour connaître la meilleure façon de me conduire.*

Mais il n'y avait pas une minute à perdre.

— J'ai adoré *Robinson Crusoé,* s'enthousiasma-t-elle, en saisissant le livre qui se trouvait sur le dessus de la pile.

Essie la considéra de plus près.

— Celui-là n'est pas mal, admit celle-ci.

Jeannie ramassa le second livre.

— Et celui-ci, *Le Hobbit,* de quoi s'agit-il?

Essie fit lentement pivoter son fauteuil et tendit la main vers le livre. Quand Jeannie le lui remit, elle le serra très fort contre elle.

— Ma mère l'a fait venir spécialement d'Angleterre. C'est le meilleur livre au monde. Je ne sais pas ce que je ferai quand j'aurai fini de le lire.

— C'est comme dire au revoir à un ami, convint Jeannie.

Pour la première fois, Essie sourit.

— Si seulement nous avions une bibliothèque autour d'ici, poursuivit Jeannie, un peu moins mal à l'aise et un peu plus sûre d'elle. Mais la plus proche est à Inverness. Mon père m'y conduit une fois par mois, mais on ne nous laisse emprunter que trois livres à la fois.

— Ma mère m'en envoie un chaque semaine, répliqua Essie. Pour essayer de se racheter de m'avoir larguée dans ce trou perdu.

— Ce n'est pas un trou perdu, insista Jeannie. Je veux dire, pas vraiment. Madame Campbell dit qu'elle va même essayer d'ouvrir une buvette dans son magasin, l'été prochain, pour que, quand il fait chaud, ceux qui aiment se promener puissent s'y arrêter. De toute façon, c'est vraiment superbe, ici, l'automne. Attends de voir, dans un mois, quand la vallée se colorera d'orange et d'or ! Et ensuite, quand la neige couvrira les collines. Sûr que la vie y est tranquille. Et que nous n'avons pas de bibliothèque, mais…

— Ni de théâtre, l'interrompit Essie, ni de magasins, ni de trottoirs.

172

Jeannie répondit, les mains sur les hanches :

— Ma mère dit toujours qu'il y a probablement d'autres endroits dans le monde qui soient aussi jolis que la vallée de la Margaree, mais qu'il n'y en a nulle part de plus beaux.

Essie esquissa un sourire moqueur.

— Ici, c'est définitivement nulle part, rétorqua-t-elle, en détournant le regard vers la fenêtre. Ils croient tous que l'air de la campagne va me guérir, comme par miracle.

— Oui, mais ici, au moins, nous n'avons pas encore eu un seul cas de polio !

Essie lui lança un regard plein de rancune. Et puis, soudain, elle éclata de rire, d'un grand rire franc et sincère. Jeannie n'en croyait pas ses oreilles.

— Tu as dit le mot qui commence par *p*, se moqua la jeune fille d'un ton acerbe. Le mot qui commence par *p* et que personne, sauf, peut-être les docteurs, n'ose dire tout haut. Ils marchent tous sur des œufs pour ne pas avoir à le prononcer. Ils font tous semblant de me traiter comme si j'étais encore normale.

— C'est qu'ils ne veulent pas te faire de peine, plaida Jeannie.

— Ah, je t'en prie ! Cela leur glace le sang, de penser qu'ils doivent vivre avec une infirme.

Jeannie la considéra pendant un instant.

— Eh bien moi, je n'ai pas peur… pas vraiment. Toi, est-ce que tu as peur ?

Mais voyant Essie devenir toute pâle, Jeannie se consterna, certaine d'avoir dit encore une ânerie.

— Tout le temps, répondit Essie, d'une voix étouffée.

— Ce doit être affreux, ce qui t'arrive. Je crois qu'à ta place, je pét… euh, je serais très en colère.

— Quelle sainte-nitouche ! lui reprocha la jeune fille durement. Quoi, tu as peur de dire le mot *péter* ?

Jeannie esquissa un sourire embarrassé.

— Je péterais les plombs, se corrigea-t-elle. Je péterais les plombs, je péterais les plombs de rage !

Essie se mit à rire.

— On pète les plombs ! On pète les plombs ! se mirent-elles à scander à l'unisson.

Elles entendirent grincer la moustiquaire.

— Essie, ma chérie, lança la voix de la tante de celle-ci, est-ce que tout va bien ?

— Oui ! Laisse-nous tranquilles, répliqua Essie, en élevant la voix, et voyant l'expression horrifiée de Jeannie, elle ajouta : s'il te plaît !

Jeannie mourait d'envie de dire à Cap combien il s'était trompé. *Voici mon amie, Essie*, répéta-t-elle en pensée. C'était un nom encore plus chouette que Cécilia. Son souhait s'était réalisé, à la perfection ! Et, voici qu'elle rendait visite à Essie chez elle, et qu'elles discutaient amicalement ensemble.

— Qu'est-ce que tu couds ? lui demanda-t-elle, en fouillant dans le panier à couture et en sortant un morceau de toile à sac.

— J'ai déjà cousu mes propres costumes pour des pièces dans lesquelles je jouais, répliqua la jeune fille en haussant les épaules. Maintenant, ma vieille grand-mère me force à nous coudre des sous-vêtements, avec des vieux bouts de sacs de farine. Peux-tu le croire ? Elle dit que je devrais remercier le bon Dieu d'avoir des bras qui fonctionnent et que je devrais offrir chaque point que je couds au Seigneur, ajouta-t-elle, en levant les yeux au ciel. Quelle vieille sorcière !

Jeannie ignora ce manque de respect envers une personne plus âgée.

— Tu pourrais toujours t'en servir, tu ne crois pas ? suggéra-t-elle, indiquant d'un geste la machine à coudre, de marque Singer, qui dormait sous sa housse, là où on l'avait poussée contre le mur. Il faut seulement un pied pour la faire marcher avec la pédale… si tu me permets de te le dire.

Essie considéra la machine à coudre avec une lueur d'intérêt dans les yeux.

— Je ne sais pas. Je n'ai rien cousu depuis deux ans…

— Je pourrais t'aider, suggéra Jeannie, en tirant le panier jusqu'au bord du lit, afin de pouvoir en examiner le contenu avec elle. Qu'est-ce que tu as comme fournitures ? Nous en avons des tonnes, chez nous. Je t'apporterai mes patrons, la prochaine fois que je viendrai. Je gage que nous portons à peu près la même taille, fit-elle, souriant à Essie. Tu as de si beaux cheveux, tu sais. Verity Campbell va être verte de jalousie quand elle les verra.

Essie se crispa aussitôt.

— Non ! s'écria-t-elle. Ne dis à personne que je suis ici, tu m'entends ? À personne !

— Je ne dirai rien, je te le promets ! Pas si tu ne veux pas que j'en parle. Regarde. Je te donne ma parole d'honneur.

Mais Essie secouait violemment la tête, refusant de l'entendre, faisant voler ses cheveux d'or comme des ailes.

— J'étais censée… devenir… une actrice ! cria-t-elle, s'agrippant, se tordant de rage dans son fauteuil. Pas une actrice de cinéma, précisa-t-elle d'une voix étranglée, en serrant les dents de colère. Une actrice de théâtre ! Toute ma vie, c'est ce que j'ai voulu être. J'ai joué dans cinq pièces, si tu veux savoir. Cinq ! Avant qu'il m'arrive… ça ! Maintenant je suis laide !

— Non, tu te trompes ! protesta Jeannie. Tu es encore incroyablement belle.

— Regarde-moi ! cria Essie. Regarde !

Elle rejeta la couverture loin d'elle et Jeannie vit sa jambe parfaite, à côté de l'autre – déformée, mince comme une baguette.

Jeannie tendit la main vers l'épaule de la jeune fille.

— Ne me touche pas! sanglota Essie. Je te défends de t'apitoyer sur moi!

Elle eut un geste violent pour écarter la main de Jeannie, mais, à la place, renversa le panier de couture. Les bobines de fil, les ciseaux et un petit galon d'ornement en zigzag s'éparpillèrent sur le couvre-lit.

— Je suis une infirme! Je suis laide! Autant m'y habituer tout de suite!

Ce disant, elle saisit les ciseaux et Jeannie recula, manquant trébucher.

— Papa! gémit celle-ci, sans pouvoir détourner le regard de ce que la jeune fille s'apprêtait à faire.

Essie tenait les ciseaux ouverts d'une main, et de l'autre, ramassait ses cheveux derrière sa nuque – ses beaux cheveux si parfaits, de vedette de cinéma. Elle donna un grand coup de ciseaux, et la poignée de cheveux qu'elle tenait se répandit par terre, comme une pluie d'or. La jeune fille pleurait, étranglant des sanglots qui semblaient venir du plus profond d'elle-même. Un autre coup de ciseaux, et de nouvelles mèches d'or s'éparpillèrent, dans le soleil qui entrait par la fenêtre.

— Papa! cria Jeannie, épouvantée. Madame Parker!

Essie changea de main et s'attaqua à la masse de cheveux qui poussait sur le dessus de sa tête, redoublant ses attaques, lançant chaque poignée de cheveux à la tête de Jeannie, qui s'était réfugiée contre le mur en se couvrant le visage.

On entendit les pas de quelqu'un qui accourait.

— Viens avec moi, Jeannie, ordonna papa, en la saisissant par la main et en l'entraînant vers la porte.

La mère de Cap se tordait les mains, mais Essie avait déjà cessé son massacre et se cachait la figure, en sanglotant, contre son bras replié.

La vieille madame Parker arriva à son tour, en s'aidant de ses lourdes cannes.

— Donne-moi ces ciseaux, s'il te plaît, dit-elle d'un ton calme. Tu as assez joué à la coiffeuse pour le moment, il me semble.

Papa mena Jeannie dehors, par la cuisine, et lui fit descendre les marches.

— Reste ici, lui dit-il, une fois parvenu au camion, je vais chercher Pearl et Ella dans la grange; et il s'éloigna à la hâte.

Jeannie se couvrit les oreilles de ses mains tremblantes, cherchant à s'isoler des cris perçants qui venaient de la maison. La vieille madame Parker sortit sur la véranda. Papa reparut avec les deux fillettes, Ella qui ne disait rien, et Pearl qui protestait vivement de ne pas avoir pu finir leur jeu. Moira les suivait, serrant la poupée qu'on lui avait donnée.

— Monte dans le camion, Pearl, gronda papa. Tout de suite ou je jure que je...

Jeannie monta derrière les petites filles et fixa son regard droit devant elle.

Comme il contournait l'avant du camion, papa souleva son chapeau :

— Au revoir, madame Parker, dit-il. Pardonnez-nous d'avoir ajouté à vos problèmes.

Madame Parker hocha la tête et lui adressa un sourire fatigué.

— Qui est-ce qui pleure ? demanda Pearl.

Papa monta dans le camion et démarra le moteur, dont le bruit noya tous les autres.

Ils descendirent bruyamment le chemin bourré d'ornières. Tout au bas, papa manqua frapper Cap, qui portait un fusil sur une épaule et un sac à dos sur l'autre. Cap s'esquiva d'un bond, juste à temps.

Son étonnement se dissipa en reconnaissant papa, qui freina brusquement.

— Désolé, mon grand.

Cap le salua d'un air bon enfant, et leva les yeux vers le sommet de la côte, mais en voyant Jeannie, son sourire s'évanouit aussitôt. Il fronça les sourcils.

Papa se remit en route et ils rentrèrent à la maison, soulevant un nuage de poussière tout le long du chemin. Jeannie sentit quelque chose lui piquer la main. Elle baissa les yeux et vit qu'une mèche de cheveux dorés était demeurée accrochée à un pli de sa robe. Elle la ramassa et la retint longtemps entre ses doigts, avant de la lâcher par la fenêtre.

Quand ils arrivèrent à la maison, Pearl fut bien contente qu'on l'envoie jouer avec Ella. Papa demeura sur le pas de la porte et surveilla les deux petites, jusqu'à ce qu'il les vit arriver chez tante Libby. Puis, il se retourna, s'accota l'épaule au montant et se croisa les bras. Maman aussi se tenait les bras croisés au sommet de son ventre.

Jeannie leur avoua tout – que Cap l'avait prévenue de ne pas y aller, et ensuite, tout ce qui s'était passé dans la chambre d'Essie.

— Tu me déçois, Jeannie, dit papa, quand elle eut terminé. Tu as été mettre ton nez dans ce qui ne te regardait pas. Tu as fait du tort à cette famille. Je veux bien reconnaître que ton intention était bonne, l'interrompit-il, comme elle allait tenter de se défendre, mais quand est-ce que tu vas cesser de présumer que tu sais toujours *tout* mieux que tout le monde ?

— Ce n'est pas comme ça du tout que c'est arrivé ! protesta Jeannie. J'avais besoin de la rencontrer !

— Par contre, je ne crois pas qu'*elle* avait besoin de te rencontrer, Jeannie, riposta maman.

Jeannie s'affaissa sur sa chaise.

— Je n'ai jamais voulu que cela tourne si mal. Je vous demande pardon.

— Ce n'est pas à nous que tu dois le dire, lui fit remarquer papa.

— Je vais écrire une lettre à Essie pour m'excuser et je la donnerai à Cap, à l'école.

— Et tu en écriras une autre à sa famille, lui ordonna maman.

Une fois dans sa chambre, Jeannie écrivit à la mère et à la grand-mère de Cap. Puis, elle s'appliqua pendant des heures, raturant des mots et les recopiant, déchirant chaque version, à moitié terminée, d'une lettre beaucoup plus longue qu'elle voulait adresser à Essie. Il était presque minuit quand elle souffla sur la chandelle, les yeux brûlants de fatigue et de tristesse.

❏

Le lendemain matin, Jeannie traînassa, prit du temps à se préparer pour l'école.

— Maintenant ça suffit, trancha maman. Tu n'as jamais été en retard jusqu'à présent, et ce n'est pas aujourd'hui que tu commenceras. Tes ennuis ne vont pas disparaître parce que tu t'attardes à la maison. Affronte tes démons, comme dit l'histoire.

Au moins, Jeannie ne croisa personne sur sa route. Elle arriva à l'école, tout comme Mousie sortait pour sonner la cloche, dont chaque tintement se réverbéra dans sa tête endolorie. Elle prit sa place dans le rang des grands. Cap, devant elle, ne se retourna pas.

Il ne détourna pas plus la tête quand tout le monde se leva pour chanter l'hymne national, ni lorsque la classe sortit pour la récréation, ni davantage à l'heure du dîner. Jeannie essaya de se forcer à aller lui parler, mais elle resta figée sur place. Deux fois, elle ouvrit la bouche pour lui adresser la parole, alors qu'ils revenaient à leur pupitre pour l'après-midi, mais pas un mot ne sortit de sa gorge.

Je suis une lâche, constata-t-elle.

Elle sortit ses deux lettres de son manuel de géographie et contempla longuement l'enveloppe du dessus, en papier-parchemin couleur crème, sur lequel elle avait écrit le nom *Essie*. Elle flatta le riche fini, la fraîche douceur de son papier à lettres, un cadeau que tante Libby lui avait fait, l'année précédente, pour sa fête. Une année entière s'était écoulée depuis, pendant laquelle Jeannie n'avait pas eu une seule personne à qui écrire. Jusqu'à aujourd'hui.

Elle s'obligea à pousser ses lettres vers le milieu du pupitre et attendit que Cap réagisse.

Est-ce qu'il ne voit pas? se dit-elle, en les agitant pour attirer son attention, mais elle n'obtint
pas davantage de réponse. Finalement, elle
renonça, et ravalant son orgueil, remit les
enveloppes dans son manuel.

Quand la cloche sonna, elle fit semblant
de remuer ses livres, en attendant que les autres
aient quitté la classe, et ne se leva pour partir
que lorsque Mousie, sortant le dernier, alla vérifier que tout le monde se conduisait convena-
blement.

Cap, cependant, attendait Jeannie dans
l'embrasure de la porte. Elle voulut parler, mais
il refusa d'un signe de tête.

— Tes lettres, dit-il, en tendant la main
pour les recevoir.

Jeannie les lui remit.

— J'ai un message pour toi aussi, dit-il,
allumant une flambée d'espoir dans le cœur
de Jeannie. De la part de ma grand-mère. Elle
dit de ne pas trop t'en vouloir. Elle te fait dire
que «toute crise est un catalyseur». Je lui ai
promis de te répéter ces mots-là, exactement.

Et ce disant, il s'en alla.

Jeannie alla prendre le gros dictionnaire,
sur la tablette, et le transporta à son pupitre,
Crise, lut-elle, à voix haute. *Un point tournant,
pour le meilleur ou pour le pire.* Il y avait
plusieurs autres définitions, mais aucune n'était
très positive. Elle trouva le deuxième mot une

fois qu'elle comprit qu'il s'épelait avec un *y* au lieu d'un *i*.

Catalyseur : 1) agent déclencheur ou accélérateur de changement, qui cependant n'est pas lui-même sujet à ce changement. 2) facteur qui cause un changement sans intention préalable.

Jeannie referma le dictionnaire. Elle voyait bien que les deux définitions se complétaient, sauf la partie qui disait *mais qui n'est pas lui-même sujet à ce changement.*

Toute crise est un catalyseur, se répéta-t-elle, en rentrant à pied à la maison. *On dirait un des dictons de maman. Sauf que, dans ce cas, la crise,* conclut-elle, *c'est moi.*

Chapitre 12

Le lendemain matin, en se réveillant, Jeannie réfléchit aux événements des jours précédents. La grand-mère de Cap avait raison. Ce n'était pas elle, *la crise*; elle n'était que le catalyseur. Il fallait que ce soit vrai.

Maman, une fois le déjeuner terminé, n'eut pas besoin de lui rappeler l'heure. Jeannie arriva en avance à l'école, certaine que Cap lui apporterait des nouvelles d'Essie.

Mais à la dernière minute, lorsqu'il arriva, il refusa de la regarder. Jeannie dut attendre la récréation pour pouvoir l'attirer à l'écart.

— J'ai besoin que tu me dises ce qu'Essie a dit. Est-ce qu'elle t'a donné une lettre pour moi ?

Cap haussa les épaules.

— Autant que je sache, elle n'a même pas ouvert la tienne.

Jeannie fixa le sol du regard. *La voilà donc, ma punition.*

— Écoute, poursuivit Cap, la prenant un peu en pitié. Honnêtement, j'ai essayé de la lui donner, mais elle n'a pas voulu l'accepter. Je l'ai laissée sur son lit. Et, elle y était encore ce matin, quand je suis parti. Mais au moins, elle ne l'a pas coupée en petits morceaux avec ses ciseaux, non ?

Jeannie acquiesça d'un signe de tête. Mais elle demeura distraite tout le reste de la journée, ratant des problèmes de math faciles, faisant des fautes d'orthographe à des mots comme *tension* et *watt*.

C'est la pire chose qui pouvait m'arriver, se désolait-elle, en rentrant à la maison.

Ni ses parents ni elle ne reparlèrent d'Essie Phalen. Papa conduisit son camion au garage de monsieur Phillips pour faire vérifier une fuite du radiateur. Maman fit tout le lavage qu'elle n'avait pas fait pendant que Pearl était malade.

Quant à Pearl, ses piqûres de guêpe avaient presque complètement disparu, et elle était redevenue tout à fait elle-même, autrement dit, elle avait disparu aussi.

— La journée est pratiquement finie et je n'ai pas encore terminé le lavage. Je vais être obligée de tout laisser sur la corde à linge jusqu'à demain matin. J'ai trop à faire pour courir encore après cette enfant. C'est la énième fois aujourd'hui ! Quand tu l'auras trouvée, Jeannie, reviens tout de suite m'aider à tout rincer.

Jeannie appela Pearl des marches de la véranda. Pas de réponse. Elle la chercha dans la grange, près de la balançoire, et derrière l'appentis, là où les petites aimaient jouer à «la mère». Puis, revenant au pied des marches, elle interrogea la chienne :

— Lady, où est Pearl ?

Celle-ci se leva, haletant déjà de chaleur.

— Pauvre vieille Lady, l'excusa Jeannie. Ne te dérange pas, va. Je peux continuer de chercher sans toi.

Mais Lady descendit lourdement les marches et traversa la cour.

— Tu crois qu'elle est passée par ici ? demanda Jeannie, la voyant flairer le sol sous la balançoire…

Lady s'éloigna sur le sentier.

— … et qu'ensuite, elle est partie par là ? Bonne chienne ! approuva Jeannie, mais ne trouvant pas davantage sa petite sœur au bord du ruisseau, elle se résigna : oh, Lady, tu ne sais pas vraiment où elle est, n'est-ce pas ? Allez, retourne te coucher sur la marche, ma pauvre vieille.

Mais Lady continuait de longer le cours d'eau, en hochant la tête de haut en bas, tant elle avait peine à reprendre haleine, s'aventurant plus loin qu'elle n'était allée depuis plus d'un an.

— Pearl ? lança de nouveau Jeannie, qui commençait à s'inquiéter.

Lady suivait toujours le ruisseau, en s'empêtrant les pattes dans des racines qui obstruaient son passage. Elle aboya une fois et accéléra.

Avant même d'apercevoir sa petite sœur, Jeannie reconnut une voix enfantine qui chantait, au détour du sentier. Il lui fallut enjamber Lady qui, maintenant qu'elle avait accompli sa mission, s'était affalée sur le tapis d'aiguilles à même le sol, pour essayer de récupérer.

Alors elle vit Pearl, allongée sur le ventre, les pieds en l'air, sur un tronc abattu qui s'était coincé entre deux arbres. Du bout d'un bâton, mademoiselle dessinait, traçant des figures sur le sol, jonché des détritus de la forêt, et elle chantait, sur l'air d'*Old MacDonald Had a Farm*.

— Pearl ! Pourquoi ne m'as-tu pas répondu quand je t'appelais ? Tu as bien dû m'entendre crier, tout de même !

— *I-aïe-i-aïe-oh*, termina la petite, sur une fausse note. Parce que je n'avais pas encore fini de chanter, répondit-elle.

— Rentre à la maison tout de suite ! lui ordonna Jeannie, en serrant les poings de mécontentement. Tu sais très bien que tu ne dois pas venir toute seule au ruisseau.

— Mais je n'y suis pas. Le ruisseau est là-bas, là-bas, prétendit Pearl, en indiquant le cours d'eau, à deux pas plus loin. Lady et moi, nous étions en train de jouer à cache-cache, fabula-t-elle, en se laissant tomber sur la chienne, et la serrant dans ses petits bras. Bonne chienne! Maintenant, c'est ton tour, Lady, affirma-t-elle; et aussitôt, Pearl détala comme un feu follet, et courut sur le sentier en criant: Un... deux... trois...

— Oh! Elle me rendra folle, gronda Jeannie, en s'élançant derrière elle. Allez, viens, Lady. À la maison!

Pearl dut monter à sa chambre tout de suite en arrivant, punie par maman de s'être éloignée, une fois de plus. Quand Lady rentra, elle remonta péniblement les marches, et sa langue pendait d'un côté de sa gueule, où elle avait perdu quelques-unes de ses dents. Jeannie s'attela à la tâche et aida sa mère à finir le lavage.

Moins de dix minutes plus tard, alors que maman, à l'évier, frottait les cols de chemise de papa, Matougris, déguisé en poupée, traversa la cuisine, ventre à terre. Jeannie l'attrapa aisément quand il s'empêtra dans l'ourlet de la robe à volants, dont Pearl l'avait affublé. Jeannie le délivra et lui ouvrit la moustiquaire, juste au moment où sa sœur entrait dans la cuisine de son pas sautillant.

— Pourquoi l'as-tu déshabillé? se plaignit la petite. Matougris voulait jouer à l'école avec moi, tu sais!

— Parce que je suis une mauvaise sœur, répliqua Jeannie, qui se remit à rincer le linge dans le gros bac à lessive.

— Oui, c'est ce que tu es! Maman, lis-moi un livre, s'il te plaît.

— Désolée, ma chérie. Je n'ai pas le temps aujourd'hui.

— Mais tu m'as lu un livre hier.

— Hier, tu étais malade.

— Je le suis encore! Ouh, j'ai la tête qui tourne…

— Alors va te coucher, suggéra Jeannie. L'escalier est par là.

— Méchante! Tu es affreuse et méchante… comme les belles-sœurs de Cendrillon!

— Hier, pourtant, nota Jeannie, en passant le drap dans l'essoreuse, tu me disais que j'étais jolie.

— C'est parce qu'hier, tout le monde était gentil avec moi! Maintenant, plus personne ne s'occupe de pauvre Pearlie.

— «Car je suis pauvre et miséreux, mon cœur est meurtri et malheureux», récita maman. C'est jour de lavage, ma chérie, rappela-t-elle à l'enfant, dans le nuage de vapeur qui montait du bac. Tu peux m'aider, si tu veux. Je me ferai un plaisir de te montrer comment frotter les chaussettes de ton père. Qu'en dis-tu?

La petite fila par la porte de la cuisine.

— C'est bien ce que je pensais… remarqua maman, sourire en coin.

Pearl, cependant, ne tarda pas à revenir, pour quêter quelque chose à manger. Maman s'essuya les mains et lui prépara un goûter vite fait, avec de la mélasse qu'elle étala sur des biscuits. Mais la petite reparut encore une fois, cette fois pour demander à boire. Maman se sécha de nouveau les mains, actionna la pompe et lui remit un verre d'eau. Une minute plus tard, Pearl revenait réclamer autre chose.

— C'est l'anniversaire de Jeannie, bientôt, annonça-t-elle, en se dirigeant vers le garde-manger. Je vais lui faire un gâteau, même si elle est méchante.

Maman la laissait parfois jouer à la cuisine avec des ustensiles, mais pas un jour de lessive. Jeannie lança un regard à sa mère, qui ferma les yeux, exaspérée.

Mais déjà, Pearl tournait autour du garde-manger :

— Maman, descends-moi le grand bol, s'il te plaît. J'ai besoin des tasses à mesurer, maman. Et j'ai besoin de la cuillère en bois, et…

Maman laissa tomber le pain de savon qu'elle tenait dans le bac, faisant voler des flocons de mousse.

— Pearl Shaw! cria-t-elle. Tu vas y goûter, à ma cuillère en bois, si tu n'arrêtes pas! Maintenant, sors de là si tu ne veux pas que je te chauffe le derrière!

Enfin! exulta Jeannie.

La petite reparut à la porte du garde-manger, la bouche pincée d'une moue boudeuse, se croisa les bras et traversa la cuisine en tapant du pied, aussi fort que ses jambes le lui permettaient. Elle poussa la porte et alla se planter sur la première marche de la véranda, en se plaignant à Lady et en haussant la voix délibérément.

Maman, du coup, se laissa tomber sur une chaise.

— Cette enfant va me faire tourner en bourrique, marmonna-t-elle, en s'essuyant la figure dans son tablier.

— Maman? hasarda Jeannie. Je me proposais d'aller une dernière fois cueillir des bleuets, pour les vendre au magasin. Je pourrais emmener Pearl avec moi, à condition qu'elle promette d'éviter les nids de guêpes.

Maman leva les yeux d'un air soulagé.

— Ce serait une bénédiction, avoua-t-elle.

Dès qu'elle apprit la nouvelle, Pearl déclara à sa sœur qu'elle n'était plus l'affreuse belle-sœur de Cendrillon. Puis, elle se rappela qu'elle attendait Ella d'un moment à l'autre.

— Ah, c'est vrai, constata maman. Tante Libby devait m'apporter les vêtements de bébé d'Ella, ajouta-t-elle, avec un soupir de résignation. Tant pis. Ça n'a pas d'importance, Jeannie. Les petites avaient prévu jouer ensemble.

— Non, affirma celle-ci, d'un ton qui se voulait sincère. Elles n'ont qu'à venir toutes les deux avec moi.

— Youpi! s'écria Pearl, en se précipitant à l'extérieur.

— C'est beaucoup, pour toi, ces deux enfants, prévint maman en s'adressant à Jeannie. Tu n'es pas obligée de les emmener, tu sais, ajouta-t-elle, d'un air qui suggérait qu'elle pensait le contraire.

— Je me débrouillerai, répliqua Jeannie avec un haussement d'épaules. Si elles restent ici, elles vont te rendre folle. Comme ça, vous pourrez parler autant qu'il vous plaira de Tina et de son parfait mariage. De toute façon, Pearl et Ella sont meilleures amies, exactement comme toi et tante Libby.

— Toi aussi, Jeannie, tu auras une meilleure amie un jour prochain. Je te le promets.

— Ah oui? Et qu'est-ce que tu vas faire, m'en commander une chez Eaton?

— C'est très précisément ce que je vais faire, à l'instant même, répliqua maman, avec un sourire plein d'affection. Regarde bien et tu verras.

Un cri de joie les avertit que Pearl venait d'apercevoir Ella, qui arrivait à travers champs. Jeannie s'essuya les mains et sortit sur la véranda, où maman, l'instant d'après, la rejoignit.

— Ton père et moi allons manger du maquereau salé bouilli pour souper, annonça-t-elle à Jeannie, en lui tendant un sac en papier bien rempli. J'ai cru que vous préféreriez pique-niquer sur place.

Là-bas, dans le pré, Pearl et Ella gambadaient autour de tante Libby, disparaissant à moitié dans les hautes herbes, dont ne dépassaient que leurs deux petites têtes, la blonde étant celle de Pearl, et la brune, celle d'Ella.

— Mais elles ont avalé des ressorts, ces deux-là, ma parole, constata maman d'un ton incrédule.

— Est-ce que j'étais aussi remuante que Pearl quand j'avais son âge ? demanda Jeannie.

— Non, ma chérie. Tu as toujours été une enfant parfaite, tout comme Pearl l'aura été quand elle me le demandera, dans quelques années.

— Tu lui pardonnes n'importe quoi.

— Ce n'est qu'une enfant, répéta maman. Souviens-toi qu'errer est humain, mais que pardonner est divin. On doit toujours pardonner à sa famille.

Pendant que les grandes personnes se faisaient du thé et commençaient le tri des vêtements de bébé, Jeannie et les deux fillettes prirent le chemin de la colline. Le soleil tapait sur le champ de bleuets. *Au moins, c'est préférable de cueillir des bleuets que de faire le lavage*, se dit Jeannie.

— Regarde, Ella! lança Pearl. Regarde tous les millions de bleuets!

Ella courut la rejoindre. Un peu plus tard, ce fut Ella qui cria:

— Viens vite! Il y en a plein par ici! et ce fut Pearl qui accourut pour retrouver sa cousine.

Chaque fois qu'elles cueillaient quelques baies et les déposaient dans leurs gobelets, elles revenaient en courant les vider dans le grand seau de Jeannie. Et, chaque fois, celle-ci devait arrêter sa propre cueillette pour débarrasser les bleuets des feuilles et des tiges qu'elles laissaient dessus.

Quand ce fut l'heure de manger, les fillettes pique-niquèrent près du ruisseau, à l'ombre de la forêt. Elles mangèrent des biscuits secs, du jambon et du fromage, et des pommes et des biscuits au gingembre pour dessert. Elles se déchaussèrent et s'amusèrent à barboter pieds nus dans l'eau et à boire dans leurs mains, à même le ruisseau. Toutes trois en ressortirent rafraîchies.

Comme elles séchaient à l'abri des arbres, Jeannie ramassa une poignée de brindilles, qu'elle aligna sur une pierre plate et les entre-croisa avec quelques autres pour former un minuscule carré de bois tressé.

— Qu'est-ce que c'est ? lui demanda Ella, toute intriguée.

— Le toit d'une maison pour les fées, répliqua Jeannie. Regardez, je vais vous montrer comment je faisais quand j'étais petite.

Celle-ci déblaya une épaisse couche d'aiguilles de pin accumulées entre deux racines et dans le sol mou qu'elle découvrit, planta des brindilles, en les alignant de façon à former les murs d'une maison miniature, et en laissant un espace pour la porte. Puis, elle posa le petit toit par-dessus, et couvrit celui-ci de petites touffes de mousse.

— Et, maintenant, voici la porte.

Les petites filles se penchèrent plus près pour voir. Jeannie ramassa une feuille de bouleau, perça trois trous le long du bord et y faufila une petite brindille, qu'elle planta ensuite dans l'interstice qu'elle avait laissé.

— Et voilà. J'ai fini ! Les fées n'ont plus qu'à déménager.

196

— Elle s'ouvre vraiment! s'exclama Pearl, en faisant pivoter la porte sur son axe.

Jeannie leur apprit à tresser des brindilles pour faire un toit. Alors, les fillettes, en traçant des sentiers entre les racines, eurent tôt fait de créer tout un village. Elles plantèrent plusieurs jardins potagers en miniature, avec, en guise de choux, de minuscules pommes de tamarac, et des touffes de mousse à la place de laitues. Avec de l'écorce, elles confectionnèrent une barque de pêche pour les fées et l'installèrent dans l'eau tranquille du ruisseau, le long d'un quai fait de brindilles.

— Eh bien, trancha Jeannie, dans une parfaite imitation de madame Campbell, ce n'est pas comme ça que nous allons mettre de la confiture sur la table! Allez, les filles, au travail!

— Non, se buta Pearl. On veut jouer. C'est plus amusant que de cueillir des bleuets.

— Ce n'est pas censé être amusant. Vous devez m'aider! Bon, très bien, tant pis pour vous, conclut Jeannie. Moi, ça m'est bien égal, affirma-t-elle, en repartant vers le champ de bleuets, et par-dessus l'épaule, elle ajouta : mais prenez garde que le Bochdan ne vous attrape…

— Quoi? sursauta Ella, en détournant brusquement la tête.

Jeannie s'arrêta.

— Tu ne savais pas? dit celle-ci nonchalamment, en se retournant. Ici, c'est le ruisseau du Bochdan. Tu vois ce gros rocher tout au milieu? C'est là, il y a longtemps, sous ce rocher précisément, qu'un vilain voleur a été enterré, et maintenant il poursuit les enfants paresseux, ceux qui préfèrent flâner près du ruisseau au lieu d'aider.

Ella s'écarta à reculons du bord de l'eau.

— Ne l'écoute pas, dit Pearl à Ella, en continuant à tresser des brindilles, comme si de rien n'était. Jeannie nous raconte encore des bêtises. Tout le monde sait que le Bochdan habite derrière le magasin de madame Campbell. Un jour, il l'a attrapée, mais il l'a relâchée tout de suite parce qu'elle n'arrêtait pas de parler.

Jeannie en resta bouche bée.

— Qui t'a dit ça?

— C'est papa. Et lui, il ne ment pas, contrairement à toi, Jeannie Shaw.

— Pearl! ordonna cette dernière. Viens m'aider immédiatement, sinon je vais le dire à papa!

La petite soupira et se releva à contrecœur.

— T'en fais pas, Ella, dit-elle, en prenant la main de sa cousine. Le seul monstre autour d'ici, c'est la vilaine Jeannie.

Les trois fillettes s'en retournèrent au champ de bleuets.

Cette fois, elles en mangèrent encore plus qu'elles n'en récoltèrent, et quand elles commencèrent à se pourchasser, en piétinant les buissons où elles se cachaient, Jeannie finit par perdre patience.

— Vous êtes des pestes ! les gronda-t-elle. Retournez au ruisseau et soyez sages. Mais ne le traversez pas, vous entendez ?

— Youpi ! exulta Pearl. Allez, viens, Ella ! Amène ton gobelet. Nous, on va ramasser des choses pour notre village.

Jeannie se remit à sa cueillette. Au bout d'un moment, elle se redressa et lança, comme maman l'avait fait autrefois avec elle :

— Faites attention et restez où je peux vous voir, d'accord, les filles ? Pearl ?

De l'autre côté de la clairière, Pearl se retourna au son de son nom et agita la main, comme pour signaler qu'elle avait entendu.

Jeannie voyait les petites à leurs jeux et les entendait vaguement, au loin, bavarder et chanter.

Tout en cueillant ses bleuets, qu'elle sentait tout chauds au creux de sa main, elle se mit à rêvasser, s'imaginant être en compagnie d'une amie à elle : une amie qu'elle pourrait aller voir chez elle, dans une maison bien fraîche, où personne ne faisait de confiture. Il n'y avait pas de mal à rêver, après tout… Quand elle eut fini de remplir son seau, elle s'allongea quelques instants, replia le bras sur les yeux pour se protéger du soleil et l'instant d'après, se mit à rêver pour de vrai.

Une fourmi la réveilla en lui chatouillant la main. Elle s'abrita les yeux, stupéfaite de voir le soleil si bas. Elle secoua la tête pour s'éclaircir l'esprit et tourna son regard du côté du ruisseau, que cachait à présent l'ombre profonde de la forêt.

— Les filles ! cria-t-elle, d'un ton las. On rentre à la maison ! Pearl... Ella, répéta-t-elle, dans un bâillement, en ramassant son seau de bleuets.

Mais son appel demeura sans réponse.

— Pearl Shaw, réponds-moi immédiatement !

Silence.

— Oh, mon Dieu ! fit Jeannie, laissant tomber le seau et s'élançant vers le ruisseau, piétinant des bleuets qu'elle avait renversés sans le vouloir.

Pas de Pearl. Pas d'Ella.

Jeannie se rua à travers les buissons, en appelant sans arrêt, et enfin, s'immobilisa et écouta attentivement. Tout se taisait, sauf les abeilles. *Elles sont si petites, comment ont-elles fait pour s'éloigner aussi vite ?*

— Pearl ! hurla Jeannie, s'égosillant au point que sa gorge lui fit mal. Je vais aller chercher maman, menaça-t-elle. Je vais la chercher tout de suite, alors vous feriez mieux

200

de sortir, si c'est encore un de vos jeux ! Pearl !
Même maman ne te pardonnera pas, cette
fois, de nous faire si peur !

Jeannie entra carrément dans l'eau avec
ses chaussures. Elle chercha en aval, elle
chercha en amont, en criant jusqu'à s'érailler
la voix. Chaque fois qu'elle appelait, elle était
sûre que les petites allaient répondre. Mais
au bout d'un certain temps, elle dut s'avouer
que les petites devaient être trop loin pour
l'entendre.

— Non... murmura-t-elle, cédant à la cons-
ternation. Non, non !

Elle arracha le ruban vert qu'elle avait mis
dans ses cheveux, celui que Pearl lui avait
donné, et le brandit comme une bannière.

— Pearl ! Si vous sortez maintenant, supplia-t-elle, je promets que je te donnerai mon
ruban neuf. S'il te plaît ?

Elle retint son souffle, mais bientôt, un sanglot lui échappa.

— Je m'en vais chercher maman ! lança-
t-elle, affolée, cette fois, sur le ton d'une
promesse et non plus d'une menace.

Elle noua le ruban à une branche ; c'est le
seul moyen qu'elle avait trouvé de laisser un
message aux fillettes. Alors, elle courut comme
si elle fuyait, un incendie de forêt à ses trousses.
Au passage, des branches la retenaient, fouettant ses bras nus et s'accrochant à ses cheveux.

Le long du sentier, les racines des arbres semblaient sortir de terre pour la faire trébucher. Elle courait à l'aveuglette, les yeux tellement remplis de larmes qu'elle se retrouva uniquement parce que ses pieds connaissaient le chemin par cœur.

Lorsque Jeannie arriva en vue de la maison, sa mère était en train de suspendre une couverture de bébé sur la corde à linge. Tout en remontant la corde à l'aide d'une perche, qu'elle planta fermement sur le sol, maman leva les yeux, et l'apercevant, lui sourit, pensant peut-être qu'elle arrivait la première d'une course avec les petites. Maman s'abrita les yeux du soleil et la regarda approcher, mais dès qu'elle put voir Jeannie clairement, elle laissa retomber sa main et toute la couleur disparut de son visage.

— Qu'est-ce qui t'arrive ? s'écria-t-elle. Où sont les petites ?

Jeannie accéléra, et trébuchant en la rejoignant, s'immobilisa devant elle, pliée en deux, se tenant à la perche pendant qu'elle luttait pour reprendre haleine. Quand, enfin, elle put parler, elle bredouilla :

— Elles étaient là, près du ruisseau ! Je les entendais. Elles étaient là, maman ! Elles chantaient, elles jouaient. Je me suis endormie. Je n'ai pas fait exprès. Oh, maman, qu'ai-je fait ? Je n'aurais jamais dû...

— Depuis quand sont-elles perdues ? trancha maman, lui coupant la parole.

Au même moment, tante Libby sortit de la maison avec une couverture sur les bras et salua Jeannie de la main.

— Je ne l'ai pas fait exprès... s'affola celle-ci.

— Depuis quand ont-elles disparu, fillette ? répéta maman, la saisissant par les épaules.

— Je ne sais pas. Je les ai cherchées pendant si longtemps ! Peut-être une heure ? Je ne sais pas !

— Cours chercher ton père, ordonna maman, en la secouant une seule fois. Jeannie, écoute-moi ! Au garage ! Cours le chercher ! Dis-lui qu'on les aura probablement retrouvées d'ici à ce qu'il arrive. Dis-le-lui bien !

Jeannie repartit en courant, à bout de souffle, presque sans force à présent, sur la route poussiéreuse et interminable. Quand un point de côté se déclara, elle continua de courir en se tenant les côtes à deux mains. Papa était en train de parler à monsieur Phillips, qui avait la tête sous le capot du camion. Mais en la voyant approcher, son père perdit son sourire, comme maman avant lui.

Jeannie essaya de parler, mais « perdues ! » fut le seul mot intelligible qui sortit de sa bouche.

Quant à papa, il ne prononça qu'un seul mot : « Pearl », d'un ton morne, comme s'il était déjà au courant, avant de laisser Jeannie sur place et de partir en courant.

Jeannie, pour sa part, flageolait sur ses jambes. Des spasmes douloureux contractaient ses mollets, et ses muscles tremblaient comme le moteur du camion au moment de s'éteindre. Monsieur Phillips la guida vers une vieille banquette de voiture qu'il gardait près de la porte. Elle l'entendit entrer à l'intérieur, prendre le téléphone et demander à madame MacDonald de le mettre en communication avec la Gendarmerie royale à Inverness.

Lorsqu'il revint, il accompagna Jeannie à son camion.

— L'agent Hennessy est en route, expliqua-t-il. Je vais te reconduire chez toi, et, ensuite, je vais rassembler du monde. Thelma MacDonald écoutait mon appel, comme d'habitude. Elle va répandre la nouvelle. Ne t'inquiète pas. Tes parents ont probablement déjà retrouvé les petites, mais… juste au cas…

Il n'arrêta pas de parler pendant tout le trajet.

Avant même l'arrêt complet du camion, Jeannie ouvrit la portière, se laissa glisser du camion et détala vers la maison. Elle n'y trouva personne et en avertit d'un signe de tête monsieur Phillips, qui démarra en trombe et quitta la cour en faisant marche arrière, avant de disparaître dans un nuage de poussière.

Jeannie s'élança vers le sommet de la colline, espérant voir arriver deux petites filles que leurs parents gronderaient parce qu'elles avaient consterné tout le monde, et aperçut justement papa et maman qui, avec sa tante, surgissaient de la forêt.

— Faites qu'elles soient avec eux, murmura Jeannie. Pearl, je t'en supplie. Je te donnerai tous mes rubans...

Mais ni Pearl ni Ella n'étaient du nombre.

Papa mit ses mains en porte-voix et lança de toutes ses forces : Pearl ! Ella ! mais si de petites voix lui répondirent, personne ne les entendit.

Jeannie ne se sentit pas capable d'affronter ses parents.

— Pardon, parvint-elle seulement à articuler, d'une voix étranglée.

Sa mère lui entoura les épaules, mais ne parvint à dire aucune parole de réconfort. N'importe quelle autre fois, pour un genou éraflé ou pour un rhume, maman lui aurait donné sa bénédiction habituelle : « Comme tu me fais pitié, ma pauvre chérie. »

Tante Libby se tordait les mains, en laissant échapper de petits gémissements. Pas une fois elle ne regarda Jeannie. Papa se tenait à l'écart, les mains plongées dans les poches arrière de sa salopette, le regard fixé sur l'orée des bois, comme pour les pénétrer avec ses yeux.

Une poignée de voisins arrivèrent, monsieur Phillips en tête, et remontèrent la côte à la hâte. Deux d'entre eux étaient accompagnés de leurs chiens.

Papa détailla la foule qui commençait à s'assembler dans la clairière.

— Nous apprécions que vous soyez venus, dit-il à tous. Déployez-vous en éventail, en allant vers le déboisement de la ligne électrique, et de là, continuons la battue jusqu'à la route de la forêt. Criez si vous trouvez quelque trace que ce soit des enfants. Il ne reste pas beaucoup de temps avant qu'il fasse noir. Espérons... ajouta-t-il, mais il ne termina pas sa phrase. Jeannie, se reprit-il, rentre à la maison. Quand le gendarme arrivera, demande-lui de venir nous rejoindre, et toi, reste à la maison au cas où les petites reviendraient de leur côté.

— Mais, papa, je ne peux pas...

Celui-ci, cependant, s'éloignait déjà dans la clairière.

— Fais ce qu'il t'a dit, ma chérie, rappela maman à Jeannie.

Alors, tout le monde, même maman, s'enfonça dans la forêt sombre et disparut, laissant Jeannie seule au milieu du champ, qui se tournait d'un côté et de l'autre, comme si elle-même était égarée. Elle s'enfouit le visage dans ses mains.

Quand elle releva la tête, elle respira à grandes bouffées angoissées. Le soleil s'était couché derrière les collines, mais la chaleur pesait sur la clairière, cuisant les seaux de bleuets renversés, piétinés et oubliés. L'air était lourd de leur douceur. Dans les années à venir, chaque fois que Jeannie aiderait sa mère à faire de la confiture et que la casserole commencerait à chauffer le tout, d'un seul coup, ces souvenirs lui reviendraient, avec l'odeur de cet après-midi-là.

Elle dégringola la côte en trébuchant et rentra attendre à la maison. L'agent Hennessy arriva, suivi de près par madame Campbell, venue tout droit du magasin. Ils partirent presque aussitôt pour rejoindre les autres. Jeannie passa le reste du temps à guetter, debout au milieu de la cour, d'où elle s'efforçait de voir le plus loin possible. Entendant un bruit, elle se retourna et aperçut Lady, qui traversait péniblement la cour sur ses pattes ankylosées. La chienne vint se tenir près de Jeannie, tandis que des appels retentissaient et se réverbéraient dans les collines, comme si même les fantômes de la Margaree étaient ressuscités pour se joindre aux recherches.

❏

À mesure que le crépuscule faisait place à la noirceur, les chercheurs réapparurent, par petits groupes, la plupart en silence. Maman serrait deux petites paires de chaussures et de chaussettes au creux de son bras. Elle avait l'air abattu quand elle dit à Jeannie :

— On dirait qu'elles se sont éloignées en marchant dans le ruisseau. C'est à partir de là que les chiens ont perdu la piste.

Le gendarme demanda l'attention de tout le monde.

— Le moment est venu de rentrer chez vous… lança-t-il, et Jeannie sentit son cœur se contracter de terreur… ceux qui en ont besoin, et de vous préparer à passer la nuit dans le bois, poursuivit l'agent Hennessy. Apportez des lampes de poche, des lanternes et des vestes. Entre temps, s'il y a des nouvelles, nous avertirons la standardiste au bureau de poste. Pour le reste, rendez-vous ici, où un secteur de battue vous sera indiqué. Amenez du monde. Nous avons beaucoup de forêt à couvrir…

Maman entoura les épaules de tante Libby. Jeannie en reçut un tel coup au cœur qu'elle fut forcée de détourner les yeux. Alors, à la faveur des phares d'une camionnette qui repartait, elle aperçut son père qui parlait à l'agent Hennessy et elle se fraya un chemin jusqu'à lui dans la foule.

— John? lança doucement maman, directement derrière Jeannie.

Papa se retourna, tenant sa lampe de poche et sa boussole.

— Il faut que j'y aille, expliqua-t-il.

— Je sais. Oh! John, je n'en peux plus!

Jeannie non plus n'en pouvait plus. Qu'avait-elle fait aux siens? Ils ne le lui pardonneraient jamais. *Si seulement c'était moi qui m'étais égarée, à la place...* pensa-t-elle tout bas.

— Tâche de ne pas t'inquiéter, dit papa à sa femme, en lui baisant le front. Il faut que tu penses au bébé. Jeannie, aide ta mère autant que possible.

Et, après avoir embrassé sa fille aînée, il s'éloigna à grands pas. Bientôt, tout le monde repartit.

Jeannie suivit les flambeaux des yeux, jusqu'à ce qu'ils ne fussent plus que des points lumineux de la taille de lucioles. *Aider maman? Comment vais-je être capable de la regarder en face?* La fillette crut que son cœur allait éclater de douleur. Un sanglot lui échappa.

— Allons, allons, dit maman doucement, d'une voix distraite, le regard perdu dans la noirceur.

— Je ne peux pas m'en empêcher. Comment peux-tu même me supporter? Tout est de ma faute!

— Qu'est-ce que tu racontes, ma chérie ?

— Je n'aurais jamais dû les laisser s'écarter !

— Écoute-moi, dit maman, reculant d'un pas et prenant sa fille par le menton. Regarde-moi. Quoi qu'il arrive, tu ne pourras jamais rien faire qui puisse nous empêcher de t'aimer, tu entends ? Rien ! Ce qui arrive est terrible, mais il va falloir passer au travers, en espérant que tout se passe bien. C'est ce qu'on fait, dans cette famille, comprends-tu ?

Elle retint le menton de sa fille et attendit. Jeannie finit par hocher la tête, puis se serra contre le ventre de sa mère et sanglota de chagrin.

Elles demeurèrent sur la véranda jusqu'à ce que le coucou de la pendule marque le coup de minuit.

— Nous allons laisser une lampe allumée sur le perron, cette nuit, ma chérie, dit maman, puis elle rentra.

Jeannie murmura tout bas : *Pearl*, et rentra dans la maison à son tour.

Chapitre 13

Ni l'une ni l'autre ne put dormir. Chacune passa la nuit assise sur sa chaise, à écouter grincer les boiseries et en étouffant de chaleur.

Quand l'aube fut proche, Jeannie aida maman à préparer les doubles fournées de petits pains. Parents, amis et voisins, et même quelques inconnus, arrivaient sans cesse et repartaient pour se joindre aux recherches. Quand les premiers chiens se montrèrent dans la cour, Lady se leva, descendit lentement les marches, et avec une dignité de matriarche, se mit en devoir de flairer les intrus, dont les plus jeunes aboyaient et couraient dans tous les sens. Puis, elle alla se poster au pied de maman, pour bien montrer qui habitait ici et qui y était simplement en visite.

Le docteur Andrews fit son arrivée, suivi du père MacNeil, du révérend et de madame Hope, et bientôt de tous les pasteurs et les prêtres des Églises alentour. Edwin, le fiancé de Tina, débarqua, toujours vêtu de ses habits de pêcheur et accompagné d'une douzaine de camarades, qui, de Judique à Cheticamp, avaient laissé leurs bateaux au port et s'étaient précipités dans l'arrière-pays pour participer à la battue.

— Bonjour, madame Shaw, dit Edwin, en s'avançant. Avez-vous eu des nouvelles?

Maman fit *non* de la tête.

Jeannie l'avait aidée à laver la belle vaisselle et à mettre la table de la véranda. Elles avaient fait du café pour une armée, mais personne ne s'arrêtait, le temps d'en boire. Maman demanda à Jeannie de préparer un goûter, des petits pains, deux à la fois, dans des tortillons de papier ciré, et de les donner à chaque personne qui partait pour la battue.

Lady suivit les autres chiens jusqu'au bout de la cour, en flairait le sol sans conviction, comme si elle se demandait ce que tout le monde avait à tant s'agiter. Maman tenait la poupée qu'elle était allée chercher sur le lit de Pearl, afin que les chiens puissent en flairer l'odeur. Voyant la poupée pendre de sa main, Lady donna un coup de museau à celle-ci.

— Si quelqu'un d'entre vous voit John, lança-t-elle aux chercheurs sur leur départ, faites-le-nous savoir!

À sept heures, monsieur et madame Campbell arrivèrent.

— Le magasin ne va pas s'effondrer si nous n'y sommes pas pour une journée, déclara madame Campbell. Il fallait que nous venions.

Ensuite, ce fut la classe des grands qui se pointa au bout de l'allée, avec monsieur Moss et Verity en tête, suivis de Sarah et de Mélanie, de John Angus et de Dougald. Cap Parker n'était pas du nombre.

— Mademoiselle MacQueen, affirma le directeur, m'a chargé de vous faire part de toute sa sympathie et de vous dire combien elle partage vos espoirs, madame Shaw. Je suis en train d'enfreindre plusieurs des règlements de la Commission scolaire, mais il fallait que nous venions, affirma-t-il, tout comme madame Campbell venait de le faire.

Verity, Sarah et Mélanie se précipitèrent autour de Jeannie.

— Oh, Jeannie ! s'écria Sarah, en fondant en larmes. Même Mélanie se tamponnait les yeux et semblait toute pâle.

Verity aussi avait la voix chevrotante, mais tint quand même à livrer son discours.

— Jeannie, nous sommes complètement bouleversées. Tu ne peux pas t'imaginer comme nous avons du chagrin. C'est à peine si nous avons dormi cette nuit et ce matin, je n'ai pas pu manger mon déjeuner ! Mais ils vont les retrouver, c'est sûr !

Sarah et Mélanie hochèrent la tête.

Autant hier, Jeannie aurait été ravie de voir les jeunes filles s'amener dans sa cour pour lui dire des gentillesses, autant aujourd'hui, elle ne pouvait penser qu'à sa sœur et à sa cousine, qui venaient de passer la nuit dehors, perdues dans les bois, toutes seules. Tout le reste lui était égal. Aussi accepta-t-elle leurs bonnes paroles d'un signe de tête, sans plus. Monsieur Moss mena sa troupe, en rang, par deux, vers le haut de la colline.

Jeannie et sa mère débarrassèrent la table et elles étaient en train de vider la cafetière quand Cap Parker et ses trois grands frères apparurent au bout de l'allée, approchant à grands pas et tenant leurs fusils à la main.

— Nous sommes désolés d'arriver si tard, s'excusa le plus grand auprès de maman. Il n'y avait personne, chez nous, pour nous conduire.

— Vous êtes les fils Parker, constata maman, après quoi ils se présentèrent : Alf, Paul, Tam et Cap. Vous avez dû mettre deux bonnes heures à vous rendre jusqu'ici. Jeannie, va remplir la carafe d'eau, s'il te plaît. Et ces jeunes gens ne partiront pas avant d'avoir mangé quelque chose.

Jeannie était si lasse et si triste que ce fut à peine si elle se rendit compte de l'événement, c'est-à-dire que Cap Parker était chez elle. Les garçons – c'étaient des hommes, en vérité, à l'exception de Cap – la remercièrent des petits pains et du fromage qu'elle leur donna et se mirent à discuter entre eux du meilleur endroit où chercher les fillettes. Jeannie s'assit sur la plus haute marche de la véranda, les yeux dans le vide, et s'efforça de ne pas penser.

— Euh, Jeannie? Je voulais juste te dire, je suis désolé.

C'était Cap qui avait parlé. Jeannie releva la tête.

— Elles ne sont pas mortes, tu sais, balbutia-t-elle.

Cap se passa la main dans les cheveux.

— Pardon?

— «Je suis désolé», c'est ce qu'on dit à des funérailles: Pearl et Ella ne sont pas mortes.

Cap commença par s'éloigner, mais virevolta et revint aussi vite. Plongeant les mains dans ses poches, il se pencha tout près d'elle:

— Écoute, Jeannie. Nous nous dirons toujours tout de travers, toi et moi. Je ne le fais pas exprès, mais c'est comme ça. Ce qui t'arrive doit être très dur et c'est vrai que ça me désole. Voilà, c'est tout ce que je voulais te dire. Est-ce que nous pouvons faire la paix pour le moment?

Jeannie se força à relever la tête.

— Tu as raison, dit-elle. Pardonne-moi. J'ai été méchante, encore une fois. Je fais tout mal, depuis quelque temps. Et maintenant, c'est par ma faute que les petites se sont égarées.

— Voyons, ne dis pas ça. Même quelqu'un qui connaît la forêt peut s'égarer dans ces collines, ajouta-t-il, mais il avait du mal à trouver ses mots. En principe, tu sais, le bois est un endroit agréable, surtout avec le temps qu'il a fait ces jours derniers. Probablement que la forêt ne leur fera pas de tort.

— Si ce que tu dis est vrai, rétorqua-t-elle, pourquoi avez-vous apporté vos fusils ?

— Parce que, répondit Cap en haussant les épaules. Probablement que nous n'en aurons pas besoin. Mais c'est le simple bon sens, quand on va dans le bois.

Jeannie dirigea son regard au-delà de Cap, vers l'orée de la forêt. Elle n'avait jamais remarqué à quel point les arbres se rapprochaient, venant frotter la maison de leurs sombres branches, jusqu'à en érafler les bardeaux, étendant leur domaine jusqu'à l'horizon, et même au-delà, pour ne s'arrêter qu'à l'océan. À part quelques maisons, quelques villages ici et là, tout ici n'était que forêt, une forêt immense, à perte de vue. La forêt où, en ce moment, deux petites filles...

Paul, le frère de Cap, appela celui-ci, lui rappelant qu'il était temps de partir. Cap lui fit signe et se retourna vers Jeannie.

— Nous allons avoir besoin de savoir ce que les petites avaient comme vêtements, tout ce qu'elles portaient sur elles…

Jeannie consulta sa mère à ce sujet, puis elle raccompagna les fils Parker jusqu'à l'endroit où elle avait vu les fillettes pour la dernière fois, et où elle avait laissé son ruban vert attaché à une branche.

— Elles avaient leurs gobelets d'étain avec elles, se rappela-t-elle, et on ne les a pas encore retrouvés non plus.

— Nous allons nous mettre en route, conclut Cap. Écoute, je ne vais pas te dire de ne pas t'inquiéter, mais je crois que je sais ce que ça me ferait si l'un des ouistitis qu'on recherche était ma sœur. Tu vois ? se reprit-il, voyant les yeux de Jeannie se remplir de larmes. J'ai encore réussi à dire une bêtise !

— Non ! Pas du tout ! Seulement… j'ai l'impression d'avoir reçu un coup au ventre.

En relevant les yeux, Jeannie le considéra avec stupéfaction. Jamais elle ne se serait attendue à voir des larmes dans les yeux d'un garçon. Ils rougirent l'un et l'autre, et se turent un moment.

— Hé, ouistiti ! lança Paul avec insistance. Tu viens ? Faut y aller !

Cap secoua la tête de gauche à droite :

— Tu vois ce que je dois endurer ? dit-il, et sans plus attendre, il traversa la clairière.

Comme les quatre frères disparaissaient dans la forêt, Jeannie reporta son attention sur le ruban qui pendait à la branche. *Est-ce donc seulement hier que je l'ai mis là?*

❑

Lorsque Jeannie rentra, elle trouva maman dans la cuisine.

— Je suis revenue, comme tu me l'as demandé. Pourquoi est-ce que je ne peux pas y aller aussi?

— Les gens vont arriver, répliqua maman, et il va falloir les nourrir, mais je ne peux plus rester là à attendre. Je sais qu'il faut que je me ménage, mais Pearl est mon bébé. Et cette pauvre petite Ella qui est perdue aussi! Je ne peux pas rester ici! répéta-t-elle, sans paraître se rendre compte à quel point ses paroles blessaient Jeannie. Madame Campbell nous a apporté ceci, poursuivit-elle, en achevant de dépecer les deux poulets en question, déjà plumés et nettoyés, afin d'être cuits dans la cocotte.

Maman se mit à trancher des légumes, en fit un tas sur le comptoir et alimenta le feu de bois.

— Tu surveilleras le pot-au-feu, n'est-ce pas, Jeannie. Dès que le bouillon commencera à bouillir, tu ajouteras les légumes. Surtout, n'essaie pas de pousser la marmite à l'arrière de la cuisinière, mais occupe-toi de rajouter de l'eau, pour maintenir le niveau, et laisse le feu s'éteindre graduellement. J'y verrai à mon retour, conclut maman, en nouant un fichu autour de ses cheveux.

Jeannie regarda sa mère gravir la colline pour rejoindre la battue. De dos, on aurait dit une jeune fille, fluette et agile.

Lady était couchée à son endroit habituel, le menton appuyé sur un objet dont elle faisait un oreiller. Jeannie s'assit à côté d'elle et vit que c'était la poupée que Pearl appelait sa Sookie.

— Où l'as-tu dénichée ? demanda Jeannie. Où est-elle, Lady ? Où est Pearl ?

Au nom de la petite, Lady releva la tête et se mit à contempler la cour.

Jeannie rentra dans la maison. Le pot-au-feu mit une éternité à bouillir. Dès qu'il parvint à ébullition, Jeannie y déposa soigneusement les carottes, les oignons, le céleri, les pommes de terre… et le remplit d'eau presque à ras bord. Alors, elle détala à toute allure, ne s'arrêtant que le temps de cueillir ses chaussures sur la véranda, monta l'escalier quatre à quatre, se précipita dans sa chambre et prit tous ses rubans, même ceux que Matougris avait gâchés et qu'elle avait jetés au panier, pour les fourrer dans ses poches. Ensuite, elle redescendit et alla prendre, dans le coin où maman faisait sa couture, toute la dentelle qu'elle put trouver et qu'elle découpa en lanières.

Enfin, elle aussi se mit en route.

— Moi non plus, je ne peux pas rester ici à attendre, dit-elle tout haut, s'adressant à la maison déserte, avant de lui tourner le dos.

Mais quelle direction fallait-il prendre? Elle craignait de croiser quelqu'un trop tôt ; ou de tomber sur maman, qui la renverrait à la maison. Il n'y avait plus personne, là-bas, dans le champ de bleuets, où elle avait vu Pearl et Ella pour la dernière fois. De là, les chercheurs s'étaient dispersés, les uns vers les collines, les autres vers le fond de la vallée.

— De quel côté devrais-je aller, Lady ?

Jeannie baissa les yeux et vit la Sookie de Pearl, étalée à la renverse sur la seconde marche, mais Lady n'y était plus.

— Lady ? Ici, Lady !

Où peut-elle bien être ? Et de quel côté faut-il aller ? Je vais descendre la côte vers le ruisseau, se dit-elle finalement. C'était un choix simple, du genre que feraient deux fillettes de quatre ans. Jeannie rejoignit le sentier derrière la grange, et descendit dans la vallée.

À chaque détour, elle attachait un bout de ruban ou de dentelle à une branche basse, à

220

la hauteur où les petites étaient susceptibles de le voir.

— Celui-ci est pour toi, Pearl, avait-elle murmuré, en nouant le premier ruban. Je te le donne, il t'appartient maintenant.

Et le ruban se souleva dans la brise. Bientôt, elle entendit des voix, appelant les petites, et plus tard, chaque fois qu'elle croisait l'un ou l'autre des chercheurs, elle partagea le même espoir qu'elle voyait dans leur regard. Pourtant, chaque fois, ses espérances diminuaient avec les leurs. Et, quand ils lui demandaient qui l'accompagnait, Jeannie marmonnait une vague réponse, mentionnant certains «autres» qui suivaient, pas très loin derrière elle. Le temps de se raconter par où l'on était passé, qui l'on avait rencontré, et dans le cas de Jeannie, de se faire encourager d'une tape amicale sur l'épaule, et l'on se hâtait de repartir, chacun de son côté. Quand elle entendait quelqu'un approcher, Jeannie fourrait ses rubans dans ses poches. C'était trop gênant d'avoir à expliquer cette idée qu'elle avait d'attacher des rubans aux branches des arbres. Seulement, elle avait au moins l'impression d'un contact.

❏

Toute la journée, Jeannie continua de chercher, escaladant des rochers et des arbres tombés, sans jamais quitter le bord du ruisseau, de plus en plus loin de la maison. Chemin faisant, elle vit un chevreuil. Elle vit des lièvres et un renard. Mais pas la moindre trace des petites. Le pays était tellement vaste !

Enfin, le terrain s'aplanit et la forêt s'éclaircit pour faire place à des marais, remplis de broussaille et d'herbes hautes, qui dépassaient presque sa propre tête. Le ruisseau se mit à décrire des méandres, se repliant sur lui-même, formant des bras morts entre des îlots boisés, et pour finir, se jeta dans une vraie rivière, que d'autres ruisseaux alimentaient malgré la sécheresse de la saison.

En se frayant un passage dans la broussaille, Jeannie faillit tomber dans une eau profonde, qui s'avéra être une fosse à saumon, mais en s'accrochant à des roseaux, elle en fut quitte pour ne mouiller qu'une seule de ses chaussures. Ce fut alors que, devant elle, au milieu du marais, elle aperçut une femelle orignal qui l'observait, parfaitement immobile et mâchonnant une herbe à longues racines. *Serait-ce la même que celle que Cap a vue ?* Pourvu que Pearl et Ella n'aient pas croisé l'énorme créature, qui avait une tête de la taille d'une chaise ! Les petites, avançant dans l'herbe dense qu'elles auraient par-dessus la tête, n'auraient aucune chance de la voir avant de se retrouver nez à nez avec elle... *ou de tomber*

222

à l'eau, comme j'ai bien failli le faire moi-même, se dit Jeannie, en plongea le regard dans la fosse à saumon, qui l'aurait engloutie, tout à l'heure, si elle n'était pas parvenue à reprendre son équilibre. L'eau y était vraiment profonde…

Comme sa belle vallée lui paraissait froide et sombre, dès qu'elle imaginait les deux petites, perdues dans ces bois. *Pearl et Ella*, se répétait-elle, avançant toujours, en essayant d'ignorer les égratignures, les ecchymoses, les piqûres de maringouin et les remords qui la torturaient. *Pearl et Ella…* Mais quand le jour tombant menaça de lui faire perdre son chemin, elle se dépêcha d'attacher ses derniers rubans et de revenir sur ses pas, en remontant la vallée.

— Il faut que je rentre, Pearl, plaida-t-elle tout bas, en pensant à sa sœur. Je ne peux pas laisser maman s'inquiéter encore plus à cause de moi, par-dessus tout le reste. Pardon, les petites.

Elle refit le même parcours, en effleurant des doigts, au passage, chaque morceau de ruban ou de dentelle qu'elle laissait derrière elle.

❏

Quand Jeannie surgit du bois, au crépuscule, dans la foule de parents et de voisins inquiets, son père n'était pas encore rentré, et personne ne l'avait vu de la journée. Par contre, maman était là qui attendait, guettant le retour de chacun des siens, et serrant dans ses bras la poupée de Pearl. Dès qu'elle aperçut Jeannie, elle se dirigea vers elle à grands pas.

— Où étais-tu ? s'indigna-t-elle, plus en colère que Jeannie ne l'avait jamais vue. Et où est Lady ? Personne ne la retrouve !

Jeannie n'eut même pas le temps d'ouvrir la bouche avant que sa mère ne s'écroula, ne tenant plus sur ses jambes. Tante Libby se précipita, entourant à son tour les épaules de sa sœur. Jeannie accourut pour aider sa mère à se relever, mais fut repoussée.

— Laisse-moi m'occuper d'elle ! Tu en as déjà fait bien assez ! lui reprocha tante Libby durement.

Jeannie recula en trébuchant. L'oncle Murdoch vint les rejoindre.

— Elle ne le pense pas, marmonna-t-il, en posant la main sur l'épaule de sa nièce. Elle est bouleversée, c'est tout.

Jeannie acquiesça d'un hochement de tête, comme si elle comprenait parfaitement.

Le révérend Hope et le docteur Andrews aidèrent maman à regagner la maison, en promettant de passer la nuit à ses côtés.

Les fils Parker aussi restèrent sur place. Venus de loin, ils voulaient se remettre à chercher à la première heure, mais insistèrent pour coucher au grenier, dans la grange. Jeannie refoula momentanément sa peur et ses remords afin de leur faire bon accueil, en leur apportant des couvertures pour qu'ils puissent les étendre sur la paille.

— Nous ne voulons pas te donner du travail, protesta Alf, le frère aîné de Cap, mais il fut bien forcé de céder en voyant que Jeannie refusait de bouger. Tu es aussi têtue que Cap, Jeannie Shaw! affirma-t-il.

Cependant, les garçons déclinèrent l'invitation de celle-ci à entrer dans la maison, invoquant leurs bottes crottées et leurs vêtements sales. Et, quand elle servit le pot-au-feu, ils n'acceptèrent que des portions minuscules. Jeannie avait beau ne pas avoir de frères, n'empêche qu'elle avait vu, au souper paroissial, ce que Cap, à lui tout seul, était capable d'enfourner. Aussi le repas terminé, leur apporta-t-elle le surplus qui restait du pot-au-feu, ainsi qu'une tarte à la rhubarbe entière.

— Vous devez nous aider à finir ces restes, insista-t-elle, parce que nous ne pouvons pas les garder.

Quand ils eurent fini de manger, Tam prit la parole :

— Merci pour le souper, Jeannie. C'était vraiment délicieux, dit-il.

Ses deux aînés la remercièrent également, et tous les trois, lui souhaitant bonne nuit, montèrent au grenier se préparer pour la nuit.

Jeannie ne put s'empêcher de sourire.

— Quoi? s'enquit Cap aussitôt, d'un air vexé. Est-ce que j'aurais de la sauce sur le menton, par hasard?

— Ce sont vos manières, à tous les quatre, répondit-elle. Vous êtes drôlement polis… pour des garçons.

Cap la considéra d'un air stupéfait.

— C'est encore ce que tu m'as dit de plus gentil, affirma-t-il.

— Je sais, répliqua Jeannie, en regardant ses pieds. J'avoue que je le regrette un peu.

— Je te pardonne, même si tu ne le mérites pas. Maman dit que, notre seul problème, c'est d'être des garçons, et qu'elle ne nous lâchera pas tant qu'elle n'aura pas fait de nous des gentlemen. Inutile de dire qu'elle a du pain sur la planche.

— Ma mère est pareille ; elle dit qu'il faut que j'apprenne à ne pas être «juste à l'excès».

— Ta mère est très intelligente.

Jeannie en convint d'un signe de tête. Cap fit de même. Ils échangèrent un grand sourire.

— Alors, je te pardonne pour cette fois, réitéra-t-il.

— Même si je ne le mérite pas?

— Tout à fait.

— Comment va Essie ? lui demanda-t-elle, changeant de sujet à brûle-pourpoint, avant de pouvoir se raviser.

— Pas plus mal que d'habitude. Elle n'adresse toujours la parole à personne. Mais elle a laissé maman lui couper les cheveux. Elle les porte très court maintenant. Ce n'est pas si laid qu'elle le croyait.

— Je suis désolée, avoua Jeannie. J'aurais dû t'écouter.

— Ça, c'est vrai, affirma-t-il, montrant qu'il n'allait pas lui faciliter la tâche. Par contre, tu vois, elle a demandé à grand-mère d'ôter la housse de la machine à coudre. Non qu'elle s'en soit encore servi : pour le moment, elle se contente de la regarder.

Brusquement, Jeannie se sentit soulagée d'un poids énorme. Dans l'angoisse de la disparition de Pearl et d'Ella, elle ne s'était pas rendu compte du fardeau qu'elle portait au sujet d'Essie.

— Tiens, proposa Cap, laisse-moi rapporter les assiettes à la cuisine. Ce serait la chose polie à faire, non ?

Ils traversèrent la cour en direction de la maison. Sur le sol, la lanterne à la porte de la grange étendait sa lueur jusqu'au rectangle de lumière provenant de la cuisine. Jeannie gravit les marches de la véranda et tendit les mains vers Cap pour qu'il lui remette les assiettes.

En levant les yeux, celui-ci la voyait à contre-jour, encadrée de lumière.

— Ton ruban, dit-il, de sorte que Jeannie se tâta machinalement la tête. J'ai vu la chose la plus étrange, aujourd'hui : des rubans, pendus aux buissons. J'ignorais que, par ici, la chasse aux rubans commençait si tôt.

Jeannie se mit à rire, mais aussitôt, sentit son cœur se contracter de douleur.

— Je ne peux pas croire que je viens de m'esclaffer, comme si je pouvais oublier ce qui arrive !

— Maman dit toujours qu'on doit rire autant qu'on peut. C'est toi qui as posé ces rubans dans la forêt ?

— C'est stupide, je le sais. J'ai pensé que, si les petites en trouvaient d'abord un, et puis un autre… Je ne sais pas. Ça paraît idiot, maintenant. Bref, je ferais mieux de rentrer pour aider à la vaisselle, termina-t-elle, en lui prenant les assiettes des mains.

— Jeannie ? Ce n'était pas une mauvaise idée, tu sais, d'attacher des rubans pour montrer le chemin. Sincèrement ! Mes frères et moi, c'est ce que nous faisons, chaque fois que nous allons dans les bois – c'est-à-dire que nous marquons la piste, en faisant des coches aux troncs des arbres. C'est la chose intelligente à faire.

Jeannie acquiesça en hochant la tête.

— Merci, dit-elle, de me dire ça. Bonne nuit, Cap.

❑

Jeannie essuyait les dernières assiettes et les rangeait sur la tablette quand le docteur Andrews descendit l'escalier.

— Ta mère se repose, lui annonça-t-il. Elle n'a rien voulu prendre, à part un peu de cognac dans sa tasse de thé. Je reviendrai la voir plus tard. J'ai donné quelque chose à ta tante pour l'aider à dormir et j'ai dit à Murdoch de la ramener à la maison.

Jeannie posa une tasse de thé sur la table. Quand elle entendit le nom de sa tante, ses mains se mirent à trembler, et elle était désespérément soulagée de ne pas être forcée de lui parler.

Le révérend Hope descendit à son tour, quelques minutes plus tard.

— Ta pauvre maman est épuisée, que Dieu la bénisse, dit-t-il, en secouant la tête de gauche à droite. Le docteur et moi allons rester et faire notre possible pour vous aider.

— Je peux mettre des draps sur le canapé de la cuisine, proposa Jeannie, et sur le sofa du salon…

— Ne te dérange pas, mon enfant, déclina le docteur Andrews. Nous allons nous débrouiller. Le révérend et moi sommes habitués à veiller toute la nuit. Rassure-toi, ajouta-t-il, en tapotant l'épaule de Jeannie. À la moindre nouvelle, nous te réveillerons, sans faute.

En haut, la fillette passa sur la pointe des pieds devant la porte de la chambre de ses parents, d'où filtrait un rai de lumière. Elle imagina sa mère veillant, seule dans son lit. Papa n'avait jamais passé la nuit loin d'elle, excepté pendant la guerre. L'agent Hennessy avait eu beau interroger les chercheurs, mais personne, à part monsieur Phillips, n'avait vu son père de la journée. Papa avait demandé à celui-ci de dire à maman de ne pas s'inquiéter, et après avoir échangé une poignée de main, était reparti dans la forêt.

Jeannie revint sur ses pas et hésita, la main tendue, devant la porte de sa mère, sans finalement oser tourner la poignée.

De retour dans sa chambre, elle s'assit à la fenêtre, sur la courtepointe qu'elle avait pliée pour faire un coussin. Les arbres dressaient leurs ombres noires sur le fond de la nuit, encadrant la masse sombre de la grange, sur laquelle les portes et les fenêtres découpaient des rectangles de lumière. Et, directement au-dessous d'elle, la lanterne, qu'on allait de nouveau laisser allumée sur la galerie, répandait sa lueur jusque dans la cour.

— Bonne nuit, Pearl et Ella, murmura Jeannie avec ferveur. Rentrez saines et sauves…

C'était le même souhait qu'exprimaient son père et sa mère, aux visiteurs qui repartaient : «Rentrez sains et saufs…»

Quand on souffla les lanternes dans la grange, Jeannie quitta enfin son poste près de la fenêtre et revint s'étendre sur le lit. Elle s'apercevait qu'elle était réconfortée de savoir que Cap et ses frères étaient là, qui dormaient, juste de l'autre côté de la cour. Elle qui avait à peine ouvert la bouche de la journée, parce que parler était trop dur et plus qu'inutile, eh bien, elle avait parlé à Cap Parker, et avait même oublié, l'espace d'un instant, l'horrible raison de sa présence ici. Et, elle se rendait compte que leur conversation avait été le seul répit qu'elle avait eu, de toute cette horrible et longue journée. *Qui l'aurait cru ? Cap, entre tous…* s'étonnait-elle, en repassant dans sa tête jusqu'au moindre détail de ce qu'ils s'étaient dit.

Jeannie n'aurait pas cru qu'elle allait être capable de s'endormir. Mais le sommeil finit par venir…

❑

Le lendemain, même avant d'ouvrir les yeux, Jeannie bondit hors du lit, et tout de suite, s'inquiéta de voir le soleil si haut, alors que le silence régnait dans la maison. Se précipitant au rez-de-chaussée, elle sortit sur la véranda à toute allure, et aussitôt, s'arrêta net.

Maman était assise dans sa chaise berçante, avec le révérend Hope à ses côtés, qui lisait à voix haute un passage de la Bible. Au deuxième étage de la grange, les battants étaient grands ouverts, révélant le grenier désert. *Les garçons sont déjà partis, alors. Toutes ces voitures et ces camionnettes sont donc arrivées, bondées, et tout le monde est reparti, sans que j'aie rien entendu?*

Le révérend Hope referma sa Bible, et posant sa main sur celle de maman, récita une prière. Les épaules de maman se soulevèrent, tandis qu'elle prenait une profonde inspiration. On aurait dit qu'elle tentait d'aspirer la bénédiction qu'il lui donnait, comme si celle-ci lui était aussi nécessaire que l'air.

Jeannie salua le pasteur d'un hochement de tête et se pencha pour embrasser sa mère. Les deux adultes lui sourirent, mais personne ne parla. Leur silence la soulagea.

De retour dans la cuisine, Jeannie vit la vaisselle empilée à côté de l'évier. Elle trouva un mot sur le comptoir: «Ma chérie, je regrette de te laisser cette tâche, mais je sais que tu ne m'en voudras pas. Et je regrette d'avoir été dure avec toi hier. Je sais bien que ce qui nous arrive n'est pas de ta faute. J'espère que tu me pardonneras. Je t'aime, tante Libby. »

Du plat de la main, Jeannie lissa le papier à maintes reprises. Il sentait le lilas, comme le talc que portait sa tante. *Comment fait-on*, se demanda Jeannie, *pour aller de paroles comme celles d'hier à ce qui est écrit ici? Est-ce donc ce que maman voulait dire quand elle parlait de toujours pardonner à sa famille?*

Jeannie ramassa un linge à vaisselle. Ses larmes ne coulaient plus que goutte à goutte, comme si elle n'en avait plus en réserve.

Toute la matinée, elle essaya de s'occuper, en préparant interminablement des sandwichs, pour tous ceux qui arrivaient et repartaient pour la forêt. Presque tout le monde leur apportait de la nourriture. Comme elle détestait voir les gens s'amener avec leurs plats couverts, en parlant à voix basse d'un air funèbre!

Faites qu'on les retrouve aujourd'hui. Faites que tout ça finisse!

À midi, maman se força à manger de la soupe, par amour pour le bébé, mais laissa son thé refroidir à côté de sa chaise.

Soudain, un coup de fusil retentit dans l'air tranquille, faisant sursauter tout le monde. Au bout de quelques minutes, les chercheurs se

233

mirent à accourir de toutes les directions, s'interrogeant mutuellement, nul n'en sachant plus long que les autres. Tina arriva avec son fiancé, suivis de tante Libby et de l'oncle Murdoch. Jeannie ne se rappelait pas les avoir jamais vus se tenir par la main avant maintenant.

Alors, Jeannie eut encore plus peur. «Prends garde à ce que tu souhaites», aurait dit sa mère. Pourquoi ne s'était-elle pas rappelé ce dicton? À présent, elle aurait voulu reformuler ses paroles, concernant son souhait que tout ça finisse. *Que voulait dire ce coup de fusil?*

Une demi-heure s'écoula, insupportable, avant que Cap Parker, son fusil à l'épaule, n'apparaisse au sommet de la colline. Les deux douzaines de personnes présentes l'attendirent en silence. Finalement, le bruit de ses semelles foulant le sol retentit dans la cour. Maman baissa les yeux et regarda fixement ses mains.

— Madame Shaw? J'ai trouvé ceci au bord d'un ruisseau, à environ une heure d'ici, annonça Cap, tout en fouillant dans sa chemise. En ce moment, les recherches se concentrent dans ce secteur et on demande que tout le monde reprenne la battue un peu plus en aval. Nous avons appelé les petites pendant des heures. Nous les avons appelées sans arrêt…

Il retira un gobelet de l'intérieur de sa chemise. Maman tendit la main pour le recueillir, le retourna, et d'un hochement de tête, fit signe à sa sœur de venir. La foule s'écarta sur le passage de tante Libby, qui s'était mise à sangloter. Elle vint réclamer le gobelet en étain, bosselé à présent, qui était bien celui d'Ella.

— Merci, mon grand, dit l'oncle Murdoch, en allant trouver Cap. Nous apprécions beaucoup…

Mais il ne put achever sa phrase. Se dirigeant rapidement vers sa camionnette, il y demeura, tournant le dos aux autres, le poing tendu sur le capot.

Le révérend Hope monta lentement les marches et se tourna vers la foule.

— Chers voisins, chers amis, dit-il, prions… «Le Seigneur est mon berger, je ne manquerai de rien…»

Chapitre 14

Chacun tira de la prière le réconfort qu'il put, et s'en retourna reprendre la battue. Tante Libby demeura aux côtés de maman, et l'oncle Murdoch repartit en direction du site où l'on avait trouvé le gobelet d'Ella. Les deux sœurs étaient assises sur la véranda, d'où elles fixaient silencieusement le pré sur la colline. *Que reste-t-il à dire, après tout ?* pensait Jeannie, qui, pour se punir, se forçait à les regarder, à ne pas détourner les yeux de leurs visages pâles et défaits.

— Arrête, lui dit Cap, surgissant subitement à côté d'elle. Cesse d'être si dure envers toi-même.

— Comment veux-tu que je ne le sois pas ? soupira-t-elle, sans détacher son regard des deux mamans. Même si l'on retrouvait Pearl et Ella à l'instant, cela n'arrangerait pas tout complètement. Pas complètement, j'en suis certaine, répéta-t-elle, en faisant face à Cap.

Quand j'étais petite, j'ai cassé le seul bibelot auquel maman tenait, sa figurine de la *Dame qui danse*. Elle a demandé à papa de la recoller, et après, elle a dit que rien n'y paraissait. Mais moi, je savais exactement où était la cassure, dit Jeannie, illustrant son propos du bout de son index. Parce qu'elle y est encore et qu'elle y sera … toujours! Alors, ne me dis pas comment me sentir. Dis-moi juste, Cap, comment tu te sentirais, à ma place.

Cap ne se hasarda pas à argumenter. De toute façon, Jeannie était trop lasse pour être fâchée.

— Maman veut que je mette la table, dit-elle. Tu ferais mieux d'entrer manger avant de repartir.

De la fraîcheur de la cave, ils montèrent les plats de jambon tranché et de poulet cuit, les bols de salade de pommes de terre et une assiette de carrés aux dattes que madame MacDonald avait apportée. Ils étaient sur le point de se servir quand la moustiquaire claqua et que trois garçons firent irruption sur la galerie : John Angus, son frère cadet Dan Archie et Dougald MacFarlane, un autre de leurs camarades de classe.

John Angus tenait un long bâton, fraîchement écorcé, qu'il alla poser contre le mur, entre les vestes qui pendaient à des crochets.

— Salut, Cap. Salut, Jeannie. Ta mère nous a envoyés chercher à manger. On crève de faim !

— Je vais aller prendre des assiettes, dit Jeannie.

Les garçons empilèrent des tranches de jambon et de poulet, en se léchant les doigts, et se servirent de la salade. Ils enfournèrent la nourriture, en poussant les morceaux sur leurs fourchettes avec leurs pouces.

Jeannie se mordit la lèvre, croisa le regard de Cap, et détourna les yeux. *Je suppose que, s'ils retrouvaient Pearl et Ella, je leur pardonnerais leurs mauvaises manières en un clin d'œil,* se dit-elle. Cependant, ils faisaient tant de bruits en mangeant qu'elle pouvait à peine se retenir de crier, tellement elle avait hâte qu'ils s'en aillent. Finalement, ils repoussèrent leurs chaises, en rotant et en grognant comme des vieillards. John Angus récupéra le bâton qu'il avait accoté au mur.

Jeannie cligna deux, trois fois, n'en croyant pas ses yeux, et le dévisagea durement.

— John Angus ! s'exclama-t-elle finalement.

— Ah oui, se ravisa-t-il. J'oubliais mes manières. Merci pour la nourriture, Jeannie. Salut.

— Attends ! cria-t-elle. Où les as-tu trouvés ?

— Quoi ? Trouvé quoi ? répéta John Angus, en regardant autour de lui.

— Ces rubans! insista-t-elle. Sur ce bâton!
Où les as-tu trouvés? J'ai besoin de le savoir!

John Angus tint le bâton à bout de bras et
considéra les rubans qui y pendaient.

— Tu veux dire ceux-là? Je les ai trouvés
dans le bois, mais très loin d'ici.

Jeannie écarquilla les yeux.

— Combien en as-tu pris? s'insurgea-
t-elle.

John Angus se mit à se tortiller comme s'il
s'était fait prendre à voler des gâteaux.

— Je ne sais pas, prétendit-il. Pas beaucoup. Quelques-uns, tout au plus, que j'ai
trouvés pendus à des buissons à côté du ruisseau. Je les ai suivis pendant un bout, et puis
j'ai entendu ces deux-là, et j'ai quitté le sentier
pour les rejoindre. Je ne voulais faire de tort
à personne! insista-t-il, en considérant Jeannie
et Cap, tour à tour.

— Jeannie? lança la voix de maman, de
l'autre côté de la moustiquaire. De quoi s'agit-
il? Pourquoi ces rubans ont-ils une telle
importance?

— C'est moi qui les ai laissés là! Pour montrer le chemin à Pearl et Ella! s'indigna Jeannie,
et se retenant de crier à la face de John Angus;
elle parvint de justesse à ne pas hausser la
voix: rends-les-moi!

John Angus détacha les rubans du bâton
et les lui remit d'un air contrit.

— Je m'excuse, marmonna-t-il. Je n'ai pas pensé…

— Ah, ça, par exemple, tu peux le dire, laissa-t-elle tomber, et elle sortit de la cuisine, tenant ses bouts de ruban entre ses mains tremblantes.

Sa mère la trouva assise dans l'escalier, repliée sur elle-même, comme sous l'effet d'une douleur. Maman vint s'asseoir à côté d'elle en silence.

— Il n'avait pas le droit ! gémit Jeannie, finalement, en se balançant de l'avant vers l'arrière. Je croyais que, peut-être, les petites les verraient. J'espérais qu'elles les voient et qu'elles les suivent, jusqu'à la maison.

Elle se leva d'un bond et sortit sur la galerie. La cuisine était vide à présent.

— Où vas-tu ? lui demanda sa mère, en sortant derrière elle.

— Je vais aller les remettre où ils étaient !

Maman en eut le souffle coupé. Aussitôt, sa voix se durcit.

— Non ! C'est trop loin. Je ne peux pas te le permettre. Déjà que Pearl et Ella ont disparu, et ton père qui ne revient toujours pas ! Non, c'est trop !

— Maman, je t'en supplie. Je sais où c'est. J'y suis déjà allée.

— Non !

— Pardon, maman, je ne devrais pas te le demander, mais…

— Alors, ne me le demande pas !

Soudain la voix de Cap s'éleva de la véranda.

— Je pourrais l'accompagner, madame Shaw. Si Jeannie le veut bien.

Jeannie et maman le considérèrent, puis échangèrent un regard.

— Je sais exactement où il faut qu'elle aille, se hâta d'ajouter Cap. John Angus me l'a expliqué. Nous serions de retour avant la tombée de la nuit. Si Jeannie veut bien que je l'accompagne.

Celle-ci le dévisagea un bon moment. Finalement, elle donna son accord d'un hochement de tête.

Maman prit la main de la fillette, hésita, et pour finir, céda, en secouant la tête de gauche à droite :

— D'accord, vas-y.

— Oh, merci, maman ! Merci, Cap ! Ça veut tout dire pour moi !

— Il n'y a pas de quoi, répliqua Cap d'un air gêné. Mais tu ferais mieux de te changer.

Mets-toi des pantalons et des bottes. Et apporte aussi une veste, même s'il fait chaud pour le moment.

— Je vais vous préparer de quoi manger, proposa maman. Ne traîne pas, Jeannie. Va vite te changer.

Jeannie partit en courant.

Retournant sur la galerie, elle alla décrocher la veste de chasse, rouge à carreaux, qui appartenait à son père. Maman ressortit du garde-manger avec un goûter, dont elle avait fait un balluchon en l'enveloppant dans un linge à vaisselle.

— Tenez, dit-elle. Maintenant, filez, avant que je n'aie le temps de changer d'idée.

Jeannie se serra contre sa mère.

— Je t'aime, maman !

— Moi aussi, je t'aime. Rentre saine et sauve, ma chérie. Toi aussi, Cap.

❏

Ils coururent à toutes jambes jusqu'au ruisseau, puis ralentirent, une fois engagés dans le sentier étroit, ne parlant que pour s'avertir d'une branche à éviter ou d'une grosse racine à contourner. Parfois, des voix appelaient Pearl et Ella, et chaque appel bouleversait Jeannie.

Quand ils aperçurent les premiers rubans, Jeannie se désola intérieurement. Ils semblaient pitoyables à présent, ces lambeaux colorés pendouillant à des branches. Dans l'immensité de la forêt, les petites avaient autant de chances de les apercevoir qu'on n'en aurait de trouver une aiguille dans une meule de foin.

Au bout d'une heure, Cap proposa une halte :

— Je connais un coin, près d'ici, dit-il. Nous y serons bientôt. Nous nous arrêterons pour nous reposer.

Ils parvinrent à un rocher plat, grand comme le dessus d'une table, qui s'inclinait vers le ruisseau. Quand le ruisseau était à son niveau normal, une grande partie de la surface de cette roche était sous l'eau, mais en ce moment, elle était exposée.

— L'eau est plus profonde à cet endroit, indiqua Cap. Mon père venait souvent ici, pêcher.

Ce furent ses seules paroles, jusqu'à ce qu'ils repartent. Jeannie, de toute façon, ne savait pas quoi dire. Intérieurement, elle s'emportait contre lui, et l'instant d'après, elle n'éprouvait envers lui que de la reconnaissance.

Ils se remirent en route, elle, marchant derrière lui, ne voyant que son dos, tandis qu'il avançait de son pas souple, complètement à l'aise, déjà chez lui dans cette forêt. Il retint une branche, pour l'empêcher de frapper Jeannie.

— Qu'est-ce que tu as tellement à sourire ? lui demanda-t-elle.

— Tu pourrais être ma jumelle, répliqua-t-il, en indiquant les vêtements qu'elle portait.

Jeannie ne put s'empêcher de lui rendre son sourire. La veste de Cap était identique à celle qu'elle avait empruntée à son père. La plupart des hommes et des garçons de la vallée avaient la même, achetée chez madame Campbell.

Ils poursuivirent leur chemin en silence, plus à l'aise à présent. Comme ils parvenaient à un autre de ses rubans, Jeannie lança :

— Je crois que le compte y est presque. Celui-ci est abîmé, comme ceux que John Angus a piqués. J'ai laissé ceux-là en dernier, quand il ne m'en restait plus d'autres.

Finalement, ils trouvèrent le dernier ruban.

— Nous y voilà, déclara Jeannie. C'est à partir d'ici qu'ils continuaient.

L'après-midi tirait à sa fin lorsqu'ils achevèrent de remettre les rubans où John Angus les avait pris. Mais Jeannie hésitait à mettre fin à leurs efforts. Aussi Cap convint-il de continuer le long de la piste qu'elle avait tracée. Quand ils s'aperçurent qu'ils n'entendaient plus les autres chercheurs, ils se remirent à appeler les petites.

Lorsqu'ils eurent atteint le dernier bout de ruban abîmé, Jeannie s'arrêta au détour du sentier qui montait dans la forêt. Elle retira de ses cheveux le tout dernier de ses rubans et le noua à une branche en faisant une boucle parfaite.

— Jeannie?

La voix de Cap lui parvint de très loin, même s'il était tout à côté d'elle.

— … Ce serait dommage de rapporter ce goûter sans l'avoir mangé. Il y a une fosse près d'ici, où il fait toujours un peu plus frais.

— Est-ce que tu connais déjà tous les recoins de cette forêt? s'étonna-t-elle, comme ils s'installaient sur un tronc d'arbre abattu qui surplombait le ruisseau. Tiens, voici un sandwich. Et une pomme, énuméra-t-elle, tout en ouvrant son balluchon. Et des biscuits secs. Et du jambon. Et des biscuits sucrés pour le dessert. Maman nous a mis tout le garde-manger!

Ils se partagèrent le goûter.

— Ce sont les biscuits préférés de Pearl, dit Jeannie, mordant dans un biscuit à la mélasse et mastiquant pensivement. Cap… ajouta-t-elle, et si l'on ne les retrouve jamais? Ou qu'on les retrouve… trop tard?

— Voyons, Jeannie, ne commence pas à…

— Ne me dis pas de ne pas commencer! J'étais censée m'occuper d'elles, et maintenant, elles risquent de mourir dans cette forêt! Nous pourrions les perdre pour vrai! Tu ne sais pas ce que c'est!

Cap se figea, immobile comme la pierre.

— Oh, Cap, se désola-t-elle, en se rappelant qu'elle parlait à un garçon qui avait perdu son propre père. Je suis une idiote.

— Il n'y a pas de mal.

— Si, il y en a! C'est comme dit maman: je me crois toujours «juste à l'excès». Et je parle toujours avant de réfléchir.

Il n'essaya pas de la contredire. Ils terminèrent leur pique-nique en silence.

Ce coin, au frais, dans la forêt, dominant l'eau profonde de la fosse à saumon, leur procurait un petit répit de la chaleur humide. Un filet d'eau, dévalée de la montagne, se jetait dans le ruisseau à cet endroit, rajoutant à sa fraîcheur.

— C'est une belle région, affirma Cap, levant les yeux vers les cimes des sapins, qui oscillaient doucement avec la brise. Il a fait chaud, ces derniers temps, et il y a une foule dans le bois qui cherche les petites. Elles ont une vraie chance, je t'assure.

Jeannie acquiesça d'un hochement de tête.

— Pourquoi as-tu offert de venir avec moi? lui demanda-t-elle, après un silence. Ce n'est pas comme si je m'étais montrée gentille...

Cap haussa les épaules.

— Tu me demandais comment je me sentirais à ta place, répliqua-t-il.

— Et?

— Je crois que je me sentirais… seul.

Jeannie en convint en silence. Plongeant le regard plus bas, au fond de l'eau, elle ne se sentait pas capable de parler sans risquer de se mettre à pleurer. Cap avait l'air de penser que les petites pouvaient encore être retrouvées, et s'accrochant à cette pensée, elle se sentit soulagée.

Son camarade leva les yeux vers le ciel.

— Il doit être plus tard que je ne pensais, dit-il, se levant pour repartir. On ferait mieux de se mettre en route.

Jeannie le regarda avancer, poser un pied devant l'autre et se tenir en équilibre, le long du tronc abattu.

— À tes ordres… Crispus ! lança-t-elle, n'en croyant pas ses propres oreilles.

Cap faillit tomber, mais se rattrapa et atterrit lestement sur ses pieds. Jeannie le suivit, pas à pas, les yeux fixés sur ses propres pieds. Parvenue au bout du tronc, elle s'accroupit et s'assit sur le bord.

— Tu sais, tu n'es pas très gentille, lui reprocha Cap, néanmoins en souriant.

— C'est vrai, je le sais. Si je mentionne ton prénom – Crispus, s'entend – c'est que je trouve dommage que tu t'en fasses tant d'avoir ce nom – Crispus Aldershot, en réalité…

— Vas-tu arrêter de le répéter ? As-tu seulement idée de ce qu'il faut que j'invente, juste pour cacher ce nom idiot ? Tu as bien raison d'en rire, d'ailleurs. Je crois que monsieur Moss a eu pitié de moi, parce que le nom d'Essie n'est pas le seul qu'il a accepté d'escamoter.

— Mais pourquoi ? insista Jeannie. Tu ne crois pas que ce serait mieux d'en finir, une bonne fois ? Ce n'est qu'une question de temps avant que quelqu'un le découvre.

— Mais quelqu'un l'a déjà découvert !

— Ah ! Oui. Je te suggère de ne pas me disputer, sinon, gare à toi, Crispus ! Je ne sais pas comment une mère peut regarder son bébé, dans son berceau, et lui dire : « Oh mon petit Crispus, comme tu es mignon ! »

— Tu trouves mon nom drôle ? J'ai eu de la chance, je t'assure. Tu n'as pas idée des noms qu'on donne dans ma famille.

Jeannie descendit du tronc d'un bond.

— C'est vrai ? Lesquels ?

— Je ne peux pas te les dire. On s'est tous promis de n'en parler à personne. Allez, viens, il va bientôt faire nuit.

— Ce n'est pas juste ! rouspéta Jeannie, en le suivant dans la broussaille. Maintenant, tu dois me les dire !

— Non ! lança-t-il, par-dessus l'épaule. Je ne suis pas obligé, si je ne veux pas.

— Bien sûr que si ! Veux-tu que je dise le tien à Verity Campbell ? Dès qu'elle le saura, elle ira le répéter dans toute la vallée.

Cap s'arrêta et se retourna lentement.

— Non, répliqua-t-il. Je ne te crois pas. Tu es trop gentille pour ça.

Il se remit en marche.

— Bien sûr que non ! Tu l'as dit toi-même.

— Si. Tu l'es.

Ils poursuivirent leur chemin, en se disputant tout le long. Quel soulagement, songea Jeannie, de pouvoir faire le clown, ne serait-ce qu'un instant...

❏

Lorsqu'ils parvinrent au rocher plat, où ils avaient fait halte à l'aller, le crépuscule tombait déjà. Montant sur le rocher, Cap, de nouveau, scruta le ciel.

L'eau du ruisseau coulait presque sans bruit. Même la brise avait cessé de soupirer à travers les cimes.

— Comme c'est tranquille, chuchota Jeannie, ne voulant pas troubler le paisible silence.

— Je viens souvent ici, lui confia Cap, et pas seulement pour pêcher.

— Alors, toi aussi, tu as un rocher pour penser ?

— Quoi ? Non, j'aime être ici, simplement.

— Tu dois bien penser, quand tu y es, même si tu n'es qu'un garçon. Il n'y a pas de mal. Moi aussi, j'ai un rocher favori, avoua Jeannie, seulement, plus près de la maison.

— Tu y vas juste pour penser?

— Oui, et après?

— Je ne sais pas, dit Cap, en observant Jeannie de plus près.

Ils marchaient depuis un certain temps en silence, quand Cap hasarda, par-dessus l'épaule:

— Mon frère aîné, Alf? Il laisse tout le monde penser qu'il s'appelle Alfred, comme notre père. Mais son vrai nom est Aloysius Leesock Faradock. A. L. F. Alf!

Jeannie, qui suivait sans dire un mot, se retint de rire en pinçant les lèvres de toutes ses forces.

— Dans la famille d'Essie, ma cousine, c'est encore pire, poursuivit Cap. Elle-même s'appelle Esther Serilla. Et le deuxième prénom de Moira est Euphémia. Quand je veux la faire enrager, je l'appelle Feemie…

Jeannie se mit à pouffer de rire malgré elle.

Cap s'arrêta sur le sentier et reprit, sans se retourner:

— Celui de Paul est le pire de tous…

— Arrête! gémit Jeannie, n'en pouvant plus. Comment pourrait-il être pire? Ce n'est pas possible, tu les inventes! ajouta-t-elle, pliée en deux de fous rires, s'accrochant à un arbrisseau, la main sur un genou.

— Des noms comme ceux-là sont trop affreux pour être inventés, lui assura Cap, revenant sur ses pas ; pince-sans-rire, il se planta directement devant Jeannie, avec les mains dans les poches de sa veste et ajouta : Paul, en réalité, s'appelle Polycarpe.

— Non !

— Ethelbert.

— Si je ris plus fort, je vais faire dans ma culotte !

Theophilus. Tu vois, il n'a pas pris ses initiales, comme Alf et moi, sinon ça aurait fait P.E.T., ce qui n'aurait pas été beaucoup mieux, selon lui. Je te dirai les autres une autre fois, acheva-t-il, gardant son sérieux, tandis que Jeannie se tordait de rire.

— Comment des parents peuvent-ils être aussi cruels ? dit-elle enfin, lorsqu'elle parvint à reprendre haleine.

— Ma mère et sa sœur ont une faiblesse pour les noms farfelus. Elles prétendent que nous apprécierons nos noms plus tard, quand nous serons grands, ce qui veut dire je ne sais trop quoi, et qu'un jour nous les remercierons. Elles persistent à dire que ce sont de bons vieux noms écossais. On en reparlera dans le cas de Polycarpe. C'était le prénom de mon grand-père. Pas étonnant qu'il se soit fait appeler Dan P. par tout le monde.

Jeannie y alla d'un nouvel éclat de rire, qui résonna jusqu'au fond des bois.

— Bon, assez rigolé, trancha Cap. Il faut repartir. Qu'est-ce qu'il peut faire noir !

Ils se remirent en marche, avec Jeannie qui s'essuyait les yeux sur la manche de la veste de son père. De temps en temps, elle étouffait un nouveau fou rire tandis que Cap, tout le long, n'arrêta pas de siffler.

Ils durent ralentir, pour éviter de trébucher sur des racines dans les ténèbres grandissantes. Quand Cap s'arrêta, Jeannie lui rentra dedans.

— Pardon ! dit-elle. Pourquoi t'arrêtes-tu ?

— Nous sommes arrivés.

— Je vois où nous sommes, maintenant ! constata-t-elle. Viens par ici. Juste un instant, lança-t-elle, se frayant déjà un passage dans la broussaille. Tu vois ? Le voilà, mon rocher à penser !

Elle tâta le flanc de l'énorme pierre, posa le pied dans l'entaille qu'elle cherchait, et en un clin d'œil, se hissa au sommet.

— Tu ne grimpes pas mal, remarqua-t-il, en basculant la tête et en la considérant dans le soir tombant.

— Tu veux monter t'asseoir deux secondes ? dit-elle, le regardant du haut de son perchoir.

— D'accord. Euh, comment as-tu fait pour grimper là-haut ?

— Je croyais que c'était toi, l'expert forestier !

— Forestier, oui, mais pas alpiniste.

— Regarde. C'est facile. Tu sens les saillies, là, plus bas ? Pose un pied ici, et l'autre, là. Comme ça. Il y a même un siège ici pour toi.

Ils s'assirent sur le rocher et écoutèrent le murmure qui montait du ruisseau.

— Je ne dirai vos noms à personne, promit Jeannie, à mi-voix.

— Merci.

— Ils sont trop affreux.

— Tout à fait.

— C'est les pires que j'aie…

— N'insiste pas, Jeannie Shaw !

— Pardon, dit-elle, recouvrant son sérieux. L'autre jour, quand tu m'as vue dans la classe de Mousie, tu savais que j'avais trouvé le cahier d'appel dans le tiroir de son bureau, n'est-ce pas ?

— Oui. Je t'ai vue par la fenêtre.

— Mais… tu ne m'as pas dénoncée ?

— Non. Peut-être que, si tu vas dire mon nom à tout le monde, je me rappellerai tout d'un coup que tu es une cambrioleuse. Mais tu n'en parleras pas…

— Non, je te le promets.

— Tant mieux, alors… Je n'arrête pas de me demander, dit Cap, en levant les yeux pour la énième fois vers le ciel, pourquoi la nuit est tombée si tôt. Depuis le temps qu'on craignait un incendie de forêt, voilà qu'à la place, on va se payer un fameux orage. Ce que tu vois, ce sont des nuages. D'énormes nuages, précisa-t-il, en descendant d'un bond du rocher. Allez, viens, Jeannie, il faut rentrer. Tout de suite !

Chapitre 15

Un éclair fulgurant illumina la forêt. Jeannie voyait Cap qui la tirait par le bras, aussi clairement qu'au grand jour, et qui lui parlait, quand un coup de tonnerre effroyable emporta ses paroles. Par réflexe, elle se baissa, comme pour esquiver un coup. Ils continuèrent à courir le long du sentier, aveuglés tantôt par l'obscurité, et tantôt par la foudre. Soudain, un vent frais se leva et vint à leur rencontre. Jeannie releva la tête, face au vent, et se dépêcha encore davantage.

Les premières gouttes tombèrent, alors qu'ils remontaient le sentier du ruisseau vers la grange. Ils surgirent des arbres et traversèrent en courant la cour, mais la pluie s'abattait en déluge, de sorte qu'ils parvinrent trempés à la maison.

De la véranda, ils virent les chercheurs accourir de partout pour s'abriter dans la grange. Quelqu'un alluma une lanterne, tandis que d'autres poussaient les énormes portes, réussissant presque à les refermer tout à fait, afin d'empêcher la trombe d'eau d'y entrer. La pluie noyait même la lueur de la lanterne, et Jeannie cessa de compter tous ceux qui arrivaient. Tout ce qu'elle savait, c'était que son père manquait à l'appel.

— Est-ce que ça veut dire que, maintenant, il n'y aura plus personne pour chercher? demanda-t-elle à Cap, mais celui-ci ne répondit pas.

De toute façon, elle connaissait la réponse. *Se trouver dehors, dans la forêt, au milieu d'un orage pareil... Avoir quatre ans et être perdue, toute seule, dans ça!*

Le poids écrasant de ses remords l'accabla plus cruellement parce qu'elle s'était permis un moment d'insouciance. Elle tenta de chasser les horribles images qui assaillaient son esprit, mais celles-ci revenaient de plus bel avec chaque nouvel éclair. Elle sentait un cri monter en elle, d'une angoisse noire, affolante. Personne ne l'entendit dans le roulement prolongé du tonnerre, pas même Jeannie elle-même. Mais Cap la vit.

La porte s'ouvrit, et madame Campbell apparut, scrutant la noirceur extérieure. En les apercevant, elle les fit vite entrer dans la véranda.

— Dieu soit loué ! s'écria-t-elle, élevant la voix pour être entendue en dépit de l'orage. Les voici enfin ! Entre, mon enfant, pour que ta pauvre mère puisse te voir ! Toi aussi, Cap !

On enveloppa Jeannie dans une serviette. On se la passa d'une personne à l'autre, à travers la cuisine remplie de monde, où elle fut présentée en triomphe à sa mère, laquelle était blottie dans un fauteuil, au coin du poêle. Jeannie tomba à genoux, posa sa tête trempée dans le giron de sa mère et fondit en larmes. Maman se pencha et appuya sa joue sur la sienne.

Au bout d'un moment, le docteur Andrews aida Jeannie à se relever et à s'asseoir sur le canapé, et demanda à madame Campbell de préparer une tasse de lait chaud.

— Bois, dit-il à Jeannie.

Profitant d'une accalmie, voisins et amis se saluèrent sans bruit et disparurent dans la nuit. Le docteur et le révérend Hope restèrent.

Madame Campbell servit à Cap un bol de soupe et jeta une courtepointe sur les épaules de Jeannie. Quand il eut fini de manger, Cap se leva et alla parler à madame Campbell, qui, après avoir fouillé dans son sac à main, en tira un crayon et une enveloppe, qu'elle lui remit afin qu'il puisse écrire. Il retourna s'asseoir à table et Jeannie le vit tourner la tête pour la regarder, avant de se mettre à griffonner.

Quand madame Campbell noua son fichu et sortit sur la galerie, Cap lui apporta son enveloppe, en lui disant quelques mots que Jeannie ne put entendre.

— Mon cher petit! s'exclama la marchande, en tapotant la joue de Cap, quand un coup de klaxon retentit dans la cour, venant du camion de son mari, qui venait la chercher.

❏

Cap remercia maman pour la soupe. Elle lui sourit. Parvenu à la porte, il se retourna vers Jeannie, qui, pelotonnée dans le coin du canapé, esquissa en retour un pâle sourire. Alors, la saluant du geste, Cap repartit vers la grange pour rejoindre ses frères.

Le docteur Andrews ordonna à Jeannie de monter se coucher et la raccompagna au pied de l'escalier:

— Jeannie, conclut-il, j'aimerais que, demain, tu restes auprès de ta mère, et comme la fillette protestait faiblement, il la fit taire. L'inquiétude est en train de la rendre malade, et je dis cela en ma qualité de médecin traitant. Interdiction de t'éloigner de nouveau et de lui faire des peurs pareilles, c'est compris?

Jeannie se traîna jusqu'à sa chambre, ôta sa veste et ses chaussettes et les laissa tomber en tas par terre. Complètement épuisée, elle souffla la lampe, se coucha tout habillée, et cherchait à tâtons, dans la noirceur, jusqu'à ce qu'elle trouve la veste de son père, qui à présent était presque sèche. Jeannie la ramassa, la tira sous les couvertures à côté d'elle et se recroquevilla avec, en respirant sa bonne odeur de pipe et de sapin, pour braver le tonnerre et les éclairs.

L'orage dura toute la nuit, mais Jeannie ne l'entendit pas…

❑

À l'aube, le temps sauvage s'était apaisé. Jeannie ouvrit ses yeux bouffis, repoussa la veste de son père et se leva. Avec des gestes ralentis par la fatigue, elle ôta sa blouse froissée, sortit de ses pantalons éclaboussés de boue et enfila la première robe qui lui tomba sous la main, la neuve, en coton imprimé de myosotis bleu et rose.

Elle commença à brosser ses cheveux, mais se rappelant qu'elle n'avait plus de rubans pour les attacher, les laissa retomber dans sa figure sans prendre la peine de les démêler. Cela n'avait pas d'importance, se dit-elle en posant la brosse. Plus rien n'avait d'importance.

Elle descendit l'escalier sur la pointe des pieds. Dans le couloir, la pendule indiquait à peine six heures. Elle s'arrêta à l'entrée de la cuisine, se sentant invisible comme un courant d'air.

Le docteur Andrews et le révérend Hope étaient assis à table, en train de boire du thé. Le révérend Hope hochait et secouait tour à tour la tête, en écoutant parler le docteur :

— ...le danger, maintenant, serait une crue subite des eaux. Cette pluie diluvienne a occasionné un ruissellement torrentiel ! Espérons que les petites se tiendront loin du... Ah, bonjour, Jeannie, s'interrompit-il, apercevant la fillette dans l'embrasure de la porte. Comme c'est joli, ce que tu portes.

Jeannie passa près d'eux en leur faisant à peine un signe de tête et sortit pour voir le temps qu'il faisait. Le ciel était gris clair et il ne restait de la pluie qu'une bruine légère. Déjà, quelques chercheurs étaient partis à la pointe du jour afin de reprendre la battue.

Monsieur Phillips arriva dans la cour en même temps que monsieur et madame Campbell. Descendant de leurs voitures, tous trois échangèrent quelques mots à mi-voix, en secouant la tête tout en parlant. Sur ces entrefaites, les portes de la grange s'ouvrirent, et Cap et ses frères en sortirent, les cheveux ébouriffés, hirsutes de sommeil, en s'étirant et en se frottant les yeux.

À l'entrée du potager, Jeannie aperçut sa mère et sa tante Libby, tenant chacune une poignée d'un seau rempli de pommes de terre, qu'elles soulevèrent entre elles. Jeannie n'avait jamais remarqué à quel point elles se ressemblaient. *Est-ce que nous nous ressemblons autant, Pearl et moi?* se demanda-t-elle.

Monsieur Phillips et monsieur Campbell se précipitèrent pour ôter le seau des mains des deux mamans. Madame Campbell traversa la cour, en contournant les flaques, remit un gros sac en papier à Alf et donna à Cap un bout de papier, ainsi qu'un très petit paquet. Cap lut ce qu'il y avait sur le papier et le fourra dans sa poche avec le paquet.

Madame Campbell alla rejoindre maman et tante Libby, et les étreignit brièvement tour à tour. Comme elle avait l'air forte et robuste à côté des deux sœurs, petites et fluettes ; et même maman, dont le ventre bombait sous sa robe.

Jeannie constata avec incrédulité la parfaite tranquillité de cette matinée. *Pour Essie, ce doit être tous les jours comme ça,* se dit-elle. *Pour nous, c'est le monde à l'envers. Pourtant, il continue de tourner, comme si de rien n'était, pendant que nous souffrons.*

Et aujourd'hui, que va-t-il arriver ? se demanda-t-elle. *Nous allons sûrement savoir... d'une façon ou d'une autre. Sûrement, nous allons les retrouver...* Mais la vie, ainsi qu'elle le savait, n'était pas si simple. Les épreuves ne se terminaient pas toujours pour le mieux, comme dans les romans, sinon tous les papas reviendraient sains et saufs des guerres, la polio se soignerait comme la rougeole et tout le monde vivrait heureux, toujours…

Maman lui sourit, du bas des marches :

— Tu as fait un travail ravissant avec cette robe, ma chérie.

— Comment fais-tu pour continuer, maman ? se désola Jeannie. Comment y arrives-tu ?

Maman grimpa les marches jusqu'à elle.

— En posant un pied devant l'autre, ma chérie, répondit sa mère, qui avant d'entrer dans la maison, lui donna un baiser sur la tête.

Jeannie la suivit à l'intérieur.

Les fils Parker mangèrent leur déjeuner en vitesse. Cap, cependant, resta en arrière lorsque ses frères allèrent se préparer.

— Est-ce que je peux te parler, Jeannie ? hasarda-t-il.

— Bien sûr, répliqua-t-elle, en déposant son linge à vaisselle.

— Monsieur et madame Campbell sont allés transmettre un message à notre mère pour nous, hier soir, dit-il. Nous n'avions plus de chaussettes propres, entre autres. Mais bref, il y a deux choses que je veux te dire. La première est que j'ai écrit un mot à Essie, l'informant que tu m'avais demandé de ses nouvelles.

264

Essie t'envoie ceci, conclut-il, en tirant de sa poche le bout de papier que madame Campbell lui avait remis.

Chère Jeannie,
Je suis triste d'apprendre que ta sœur
et ta cousine se sont égarées. Ce doit
être très dur pour toi. Ne perds pas
espoir. Je penserai à toi. Essie.

P.-S. : J'ai lu ta lettre. Je te pardonne
si tu me pardonnes aussi. Quand les
petites auront été retrouvées, j'espère
que tu reviendras me voir.

P.-P.-S : Je me rends compte que j'avais
oublié que les autres aussi ont des
problèmes.

— C'est un début, non? demanda Cap.

Jeannie acquiesça d'un signe de tête. C'était même un *bon* début! Elle et Cap s'entendaient mieux, et maintenant, il semblait qu'elle allait également pouvoir apprendre à mieux connaître Essie, en dépit de tout. Elle avait deux nouveaux amis! C'était plus qu'elle n'en avait jamais souhaité.

Mais je renoncerais à eux en un clin d'œil,
pour que Pearl et Ella nous soient rendues!

— Merci d'avoir fait ça, dit-elle à Cap. Et la seconde chose?

Cap rougit très fort. *Ce n'est pas si mal,* décida Jeannie, *d'avoir pour ami quelqu'un qui rougit aussi facilement que moi.*

— C'est à dire... hésita-t-il. Bon. Regarde, j'ai demandé à madame Campbell de m'apporter quelque chose du magasin. Pour toi, je veux dire ! se corrigea-t-il, en sortant de sa poche le minuscule paquet un peu froissé. J'imagine qu'ils sont fripés, maintenant, mais bon, quand j'ai vu que tu donnais tous tes rubans... Tiens, ceux-là sont pour toi.

Et, il lui tendit brusquement le paquet, comme si celui-ci lui brûlait les doigts. Jeannie l'accepta et le retint un long moment dans sa main avant de l'ouvrir enfin. À l'intérieur, elle trouva deux larges rubans de velours – de la meilleure qualité qu'offrait le magasin Campbell – l'un blanc et l'autre, d'un beau bleu tendre, ni clair ni foncé – un peu du même bleu que les bleuets.

— Oh, Cap, s'extasia-t-elle. Pourquoi as-tu fait ça ? Je veux dire, tu n'aurais pas dû...

— Eh bien, je l'ai fait. D'ailleurs, tes cheveux commençaient à s'emmêler.

— Eh bien, merci ! répliqua-t-elle, feignant de se vexer, sourire en coin, c'est à cela que servent les amis.

Elle fit glisser les rubans entre ses doigts, puis elle ajouta, en le regardant dans les yeux :

— Tu n'es pas l'ami que j'avais imaginé... Zut ! Ce n'est pas ce que je voulais dire. J'aimerais vraiment que nous soyons amis.

266

J'aime te parler… quand tu n'es pas en train de m'insulter.

— Et toi pareillement, dit-il, visiblement soulagé. Bref… Je ferais mieux d'y aller, avant que mes frères ne se mettent à me crier après.

— Merci, Cap.

— Il n'y a pas de quoi.

Jeannie s'approcha de la porte et regarda les quatre frères se mettre en route. *J'ai un ami, se dit-elle, et il s'appelle Cap.*

Et, elle se répéta, inlassablement, en essuyant la table, en balayant le plancher : *J'ai un ami…*

Elle remonta distraitement à sa chambre, la main dans la poche où étaient ses rubans. Elle brossa soigneusement ses cheveux, les attacha avec le ruban de velours bleu, étala le second sur sa commode et le lissa du plat de la main.

— J'ai un ami, annonça-t-elle, à son reflet dans le miroir.

Quand un rayon de soleil éclaira ce dernier, Jeannie alla s'agenouiller à la fenêtre. Le temps se mettait au beau, le soleil sortait enfin des nuages. L'herbe avait repris sa belle couleur verte, les buissons et les arbres brillaient de lumière, tout luisants encore de pluie.

Dans la cour, Matougris lapait l'eau d'une flaque. Un gros insecte, se posant à la surface, lui fit faire un bond en arrière. Il atterrit dans une seconde flaque, fit un bond de côté pour en sortir et se secoua les pattes, l'une après l'autre.

— Pearl, murmura Jeannie tout bas, dépêche-toi de revenir pour voir ça. Comme tu vas rire…

Elle dirigea son regard vers la colline. *Si je la fixe assez longtemps, Pearl et Ella apparaîtront. Il le faut!* Elle continua de la fixer, jusqu'à ce qu'elle en eût les yeux brouillés, puis jusqu'à ce qu'elle ne vît plus rien.

Quand elle redescendit, il ne restait plus que maman et le révérend Hope sur la véranda. Tous deux étaient assis en silence. Jeannie constata que maman avait à peine ouvert la bouche depuis des jours et des jours. Pas une fois elle n'avait cité un proverbe, un poème ou une chanson, ne serait-ce qu'une parole de la Bible.

Tout le monde était reparti pour commencer une nouvelle battue. *Combien de temps avant qu'ils soient forcés d'abandonner?* s'inquiéta Jeannie, en se disant qu'elle s'évanouirait si quelqu'un osait poser la même question tout haut.

La grange, la maison et la cour ne tardèrent pas à sécher complètement. Les rosiers frissonnaient dans la brise, découpant nettement chacune de leurs feuilles dans l'air pur, lavé par l'orage. Il n'y avait pas un détail du paysage qui ne lui était pas intimement connu. Malgré cela, aujourd'hui, tout lui apparaissait sous un jour irréel. Pour finir, elle s'installa sur la marche où Lady aurait dû être. Même la nature silencieuse et paisible semblait attendre en suspens. Le soleil semblait à peine se déplacer, à mesure que la matinée avançait.

Brusquement, un coup de fusil détonna au loin, faisant lever des oiseaux, comme l'écho, dans les airs. Jeannie, figée de panique, se mit à scruter l'horizon, comme si la raison du coup de feu était sur le point d'apparaître. Elle chercha la réponse sur le visage de sa mère.

Comme maman paraissait petite, blottie dans son châle épais, en dépit de la chaleur. Ses mains, agrippées aux appuis de sa chaise, blanchissaient aux articulations.

— Je lèverai les yeux vers les collines, d'où viendra mon secours, entonna le révérend Hope, en ouvrant de nouveau sa Bible.

Les chercheurs accouraient, s'interrogeaient les uns les autres, cherchant la signification de ce qui arrivait. Cap apparut avec son frère Paul. Cependant, ni l'un ni l'autre n'avait tiré.

— Jeannie ? s'enquit Cap, sans parvenir à rompre la transe qui clouait celle-ci sur place.

Me voici, en train d'attendre de pouvoir m'arrêter d'attendre, se disait-elle, en s'observant de quelque part dans son esprit. *Voici maman. Voici Cap. Et voilà donc comment tu te sens, quand la terre se dérobe sous tes pieds.*

Les chercheurs se rassemblaient, de plus en plus nombreux, formant un cercle protecteur, de plus en plus dense autour d'eux. Peu à peu, le bruit de leurs voix s'atténua, jusqu'à ne plus être qu'un murmure, comme à l'église, tandis que chacun s'efforçait de ne pas trop espérer, tout en continuant d'espérer.

Se dressant sur la pointe des pieds, Jeannie essaya de voir par-dessus toutes les têtes, en se concentrant de toutes ses forces, dans le bourdonnement général. *Qu'est-ce que je viens d'entendre?* se dit-elle. Le même bruit – un gros wouf – se répéta : c'était l'aboiement d'un chien.

— Lady? murmura Jeannie, la gorge étranglée.

Tout le monde se retourna vers la fillette, en la considérant d'un air interrogateur. De sorte qu'elle fut seule à voir la poignée de chercheurs qui surgit alors, à toute allure, au détour de la grange, avec Alf Parker en tête. Et Lady le devançait, d'un pas boitillant, mais combien fringant!

— Maman, fit Jeannie, pas plus fort qu'un enfant qui se réveille d'un cauchemar. *Maman!* parvint-elle enfin à crier.

Sa mère leva les yeux et esquissa le geste de se lever. Le révérend Hope lui saisit la main pour l'aider, priant à voix basse, en remuant les lèvres plus vite que jamais.

Jeannie détourna de nouveau la tête, pour ne rien manquer, tremblante à l'idée de ce qui s'en venait, et tout le monde dans la cour se retourna en même temps qu'elle.

Le groupe qui s'approchait se sépara, laissant apparaître le père de Jeannie, tenant dans ses bras maigres et musclés, deux petites filles sans vie, mollement affalées contre lui.

Le cœur de Jeannie cessa de battre. *Bougez!* supplia-t-elle tout bas, s'adressant aux petites autant qu'à elle-même.

Pearl souleva lentement la tête de l'épaule de son père. Elle tenait son gobelet accroché à son doigt.

Jeannie demeurait rivée sur place, quand maman s'élança, et lui saisissant la main au passage, l'entraîna, en courant comme le vent, jusqu'au milieu du groupe de chercheurs.

Alors, Ella releva la tête à son tour. En les rejoignant, Jeannie et maman poussèrent toutes deux un cri. Les deux petites étaient couvertes d'égratignures et de piqûres d'insectes, comme si elles souffraient de nouveau en même temps de la varicelle.

— Maman! s'écria Pearl, en tendant ses petits bras vers sa mère, alors que celle-ci, d'un bras, l'étreignait vivement, sans jamais lâcher

271

Jeannie de l'autre. Tu me serres trop fort! protesta finalement la petite.

Alors, tout le monde éclata de rire, tout le monde, s'entend, sauf Jeannie. Maman lâcha Pearl le temps d'embrasser aussi Ella.

L'oncle Murdoch dévala en courant la colline, plus éraflé encore que les petites, à force de se battre avec la broussaille pour revenir au plus vite parce qu'il avait entendu le coup de fusil. Il ramassa Ella et la serra dans ses bras, tout en échangeant une fière poignée de main avec papa, qui ne s'était pas rasé depuis plusieurs jours et qui avait les yeux profondément cernés de n'avoir pas dormi.

— Je les ai trouvées près de la chute, à l'autre bout de la vallée, encore plus loin qu'aucun de nous ne les cherchait! raconta papa à la foule souriante, sans quitter sa Pearl des yeux. Elles n'arrêtent pas de dire qu'elles ont marché, marché... Elles croyaient qu'elles finiraient par retrouver la maison.

Jeannie demeurait immobile au milieu des autres. Elle voyait la scène se dérouler comme sur les pages d'un livre. *Et si, en réalité, j'étais encore assise sur la marche à attendre*, se demanda-t-elle, *et à me raconter une histoire dans ma tête, comme je le fais toujours? Et si tout ce que je voyais en ce moment n'était qu'un rêve?* De sorte qu'elle n'osait pas cligner des yeux, de peur que tout disparaisse. *Et si ce que je voyais se passait vraiment, est-ce que Pearl me pardonnerait ? Maman dit bien que c'est ce qu'on fait, dans une famille…*

— C'est Lady qui les a trouvées, poursuivait papa, s'adressant toujours à la foule. Elle m'a rejoint hier après-midi, et comme j'étais trop loin pour pouvoir la ramener, je l'ai gardée avec moi. Heureusement, d'ailleurs ! Vers l'heure du souper, elle a flairé une piste, mais arrivée à la chute d'eau, elle l'a perdue de nouveau. J'ai essayé de la convaincre de repartir, mais elle s'est obstinée, ajouta-t-il, s'accroupissant pour gratter les oreilles de la chienne. Elle avait découvert une espèce de petite maison faite de brindilles, qu'elle n'arrêtait pas de renifler. Quand j'ai vu que quelqu'un l'avait fabriquée, je me suis remis à fouiller les alentours. Les petites s'étaient remises à marcher dans le ruisseau – c'est pourquoi Lady ne les sentait plus – et s'étaient réfugiées de l'orage sous un surplomb rocheux. La chute grondait si fort qu'elles auraient eu beau crier, jamais je ne les aurais entendues, et elles ne m'auraient pas entendu non plus. Je les ai trouvées endormies sur un tapis d'aiguilles de pin. Très affaiblies, je peux vous dire. Une sacrée chance, d'ailleurs, que cette saillie rocheuse ait été haute quand l'eau s'est mise à monter, pendant la nuit ! Mais tu les as trouvées, hein, Lady ? Tu as trouvé Pearl et Ella !

273

Au nom de Pearl, Lady releva la tête. Tout autour, le monde se pressait et des mains se tendaient pour flatter la chienne.

— Cherche et tu trouveras, conclut maman, en caressant Lady à son tour. Quelle bonne chienne. Tu es la meilleure des chiennes du monde !

— Mais n'eut été de ces drôles de petites maisons faites de brindilles, reprit papa, jamais nous n'aurions pensé, Lady et moi, à continuer de chercher…

Pearl plaqua sa petite main sur la bouche de son père, avant qu'il pût en dire davantage.

— C'est grâce à Jeannie ! déclara-t-elle. C'est Jeannie qui nous a montré à fabriquer des maisons pour les fées.

Tout le monde se mit à féliciter Jeannie, en lui donnant des tapes dans le dos, au point qu'elle eut un peu l'impression qu'on la prenait pour Lady, mais elle sourit, en sentant sa mère serrer sa main dans la sienne.

Papa déposa un baiser sur le front de Jeannie et se remit à contempler sa Pearl. Maman se releva lentement, posa la main sur la joue barbue de son mari et toucha ses cheveux.

Un dernier nuage s'éloigna dans le ciel. Jeannie s'efforçait d'assimiler tout ce qui se passait, en essayant de se convaincre qu'elle ne rêvait pas. Le soleil brillait sur la foule réunie, sur la cour, sur la maison et sur la grange, sur la forêt couleur d'émeraude, hier si sombre et dangereuse, en faisant ressortir les tons plus tendres, ici vert feuille, là vert mousse, et plus loin encore, vert pré, doucement pommelés d'ombre et de lumière.

Jeannie vit que sa mère s'abritait les yeux et contemplait fixement son père. *Que regarde-t-elle ?* Le soleil venait de révéler ce que personne, jusqu'ici, n'avait remarqué. Aux cheveux noir foncé de papa se mêlaient maintenant des mèches argentées. Alors que, trois jours avant, il n'avait pas un seul cheveu gris… Maman appuya sa tête sur l'épaule de son mari.

Soudain, la voiture de l'agent Hennessy apparut, klaxonnant et approchant dans l'allée à toute allure. Il arrivait de chez tante Libby, chez qui il s'était précipité pour la ramener ici. Celle-ci bondit de la voiture, et sous les hourras de la foule, courut se jeter dans les bras de son mari, tantôt riant, tantôt pleurant, et serrant farouchement sa petite Ella.

— Maman, marmonna Ella dans le cou de sa mère.

— Regarde, Jeannie ! s'écria Pearl, en tendant son petit poing, noir de saleté, et le tenant sous le nez de sa sœur. On a cueilli des rubans sur les buissons. C'est encore mieux que des bleuets !

Tout le monde se tut pour écouter. Pearl, à présent, qui était au sommet de sa gloire.

— On ne savait pas où aller, alors on a marché, pendant longtemps, longtemps. On a essayé de traverser le bois, mais c'était trop dur, et bien plus effrayant que si on avait rencontré un fantôme !

Ella aussi mit son grain de sel.

— J'avais peur du Bochdan, mais Pearl est sûre qu'il n'existe pas.

Pearl s'empressa de reprendre la vedette.

— On a retrouvé le ruisseau et j'ai vu un ruban, et ensuite Ella en a vu aussi. On a continué à cueillir des rubans, mais on n'a jamais retrouvé la maison. Alors, la méchante pluie est arrivée. Et après, Lady et papa nous ont trouvées ! On a cueilli ceux-ci tout le long, en revenant. Je te les donne, Jeannie !

Jeannie contempla l'enchevêtrement de bouts de rubans et de dentelles que Pearl tenait dans son poing.

— Non, Pearl, tu peux les garder pour jouer. Je t'aiderai à les nettoyer jusqu'à ce qu'ils soient comme neufs.

Les cheveux de Pearl étaient mêlés et lui pendaient dans la figure. Jeannie en tira des aiguilles de pin et des bouts de mousse. Elle ôta le ruban de ses propres cheveux.

— Tiens, dit-elle, laisse-moi te refaire une beauté.

Papa se pencha en avant pour que Jeannie puisse nouer son ruban autour des cheveux de la petite.

Pearl retint la main de Jeannie, examinant le ruban de velours bleu de la couleur des bleuets.

— C'est un ruban de fantaisie! s'exclama Pearl. Qu'est-ce qu'il est joli! Est-ce qu'on te l'a donné pour ton anniversaire?

Jeannie eut un rire étonné.

— Pearl a raison! s'écria maman, en comptant rapidement sur ses doigts. C'est ta fête aujourd'hui, Jeannie! Oh, pardonne-moi, ma chérie.

— Il n'y a pas de quoi, maman, répliqua la fillette. Même moi, j'avais oublié, sincèrement, ajouta-t-elle, car c'est vrai. J'ai douze ans!

— Alors, qui t'a fait un cadeau d'anniversaire, insista Pearl, si tout le monde a oublié?

Du regard, Jeannie chercha Cap dans la foule.

— C'est Cap, dit-elle, en apercevant celui-ci. C'est mon ami Cap qui me l'a donné.

— Salut, ouistiti! lança la petite, en riant aux éclats de sa propre blague.

— Ouistiti toi-même, répliqua-t-il, en s'avançant vers elle. Nous sommes drôlement contents de vous voir, toutes les deux. Puis, il ajouta, en tapant légèrement l'épaule de Jeannie : c'est vrai que c'est ta fête, aujourd'hui ?

— Il faut croire que oui.

— Alors, ces rubans sont ton cadeau d'anniversaire. Ce n'était pas bête, de ma part, non ? Bonne fête, Jeannie.

— Eh bien moi, déclara maman, j'ai un gâteau à préparer !

Mais madame MacDonald insista ; elle voulait s'en charger et promit de faire le plus gros gâteau qu'on n'avait jamais vu dans la vallée. Madame Campbell se dépêcha de partir, en disant qu'elle allait rapporter de la limonade et un sac entier d'os de bœuf pour Lady, afin de la récompenser de son exploit.

Lady remonta lentement les marches de la véranda, tourna sur elle-même, s'affala à son endroit préféré et aboya une seule fois. Pendant un certain temps, elle regarda tout le monde aller et venir, puis finit par s'endormir.

Cap et ses frères se dirigèrent vers la grange, pour se laver et se changer. Le révérend Hope et le père MacNeil repartirent pour chercher leurs violons. Verity lança, de la voiture de ses parents :

— On va choisir quelque chose de chouette pour ton anniversaire !

Sarah et Mélanie se mirent à agiter la main, penchées à côté d'elle à la fenêtre.

Jeannie leur fit un grand sourire et les salua en retour. *Si seulement elles se voyaient en ce moment. Elles n'ont jamais eu autant l'air d'un Monstre-à-trois-têtes que maintenant.*

On va donner une fête, se dit-elle, *et tout le monde va y être, même Verity Campbell. Il n'y a jamais eu que la famille à mon anniversaire, avant aujourd'hui. Je vais porter mes nouvelles chaussures. J'aurais tellement aimé qu'Essie puisse venir...*

Mais elle chassa ce souhait de ses pensées. *Fini les souhaits !,* s'exhorta-t-elle. Par contre, elle écrirait de nouveau à Essie, et peut-être même lui enverrait-elle un morceau du gâteau. Mais ce n'était pas encore le bon moment pour qu'Essie vienne chez elle.

Tina et son fameux Edwin, revenant de la battue parmi un dernier groupe de chercheurs, passèrent près d'elle à toute allure, rendus fous de joie par la bonne nouvelle. Involontairement, Jeannie croisa le regard de Tina, qui tout aussi vite, se détourna.

Là aussi, il va falloir du temps pour guérir, se dit Jeannie. Peut-être que la brisure demeurerait toujours. Il allait falloir apprendre à vivre avec. Une autre chose à laquelle réfléchir, plus tard, dans la solitude, sur son rocher. Mais d'abord, elle allait fêter !

— Je sais ce que je vais faire ! s'exclama-t-elle, à haute voix, en se hâtant de rattraper la voiture du docteur.

— C'est une excellente idée, Jeannie ! approuva le docteur Andrews, lorsqu'elle lui fit part de son intention. Je vais aller la chercher tout de suite.

Et, il partit inviter la mère de Cap, en lui disant d'amener sa nièce, Moira, à la fête.

Pearl et Ella seront contentes, se dit Jeannie. *Et moi, au moins, j'aurai Cap avec moi, et c'est tant mieux.*

D'ailleurs, la fête, elle le savait, concernait davantage le retour des petites que ses douze ans à elle. Et c'était aussi pour le mieux. Tout se terminait bien… ou presque.

Jeannie attira sa sœur par la main et se força à dire ces mots :

— Je te demande pardon, Pearl.

— Pourquoi ?

— De t'avoir perdue.

— Tu ne m'as pas perdue, grosse bête ! Je me suis perdue toute seule ! Ella avait peur, alors, j'ai pris soin d'elle.

Pearl agita la main, en remuant ses petits doigts sales, en direction d'Ella, qui la salua en retour, coincée entre ses parents, saine et sauve.

— Je m'en veux quand même, reprit Jeannie.

— Est-ce que tu t'en veux assez, hasarda la petite, pour me laisser porter ton ruban d'anniversaire ?

— Bien sûr. Toi aussi, tu es un cadeau d'anniversaire, Pearl. Toi et Ella. Tiens, je vais envelopper mon meilleur cadeau.

Et, nouant le ruban de Cap autour des cheveux de sa sœur, elle ajouta :

— Puisque te voilà, enfin, te voilà !

Remerciements

Merci à Ella Ingraham et à sa famille, à Dougald MacFarlane et à Jim St. Clair d'avoir répondu aux centaines de questions que je leur ai posées concernant la région et l'époque.

Table des matières

Joanne Taylor

Joanne Taylor est née à New Glasgow, en Nouvelle-Écosse, et a grandi au Cap Breton. Elle a été professeure bénévole en Sierra Leone, puis pigiste pour la CBC Radio. Elle habite aujourd'hui Halifax.

Collection Deux solitudes, jeunesse